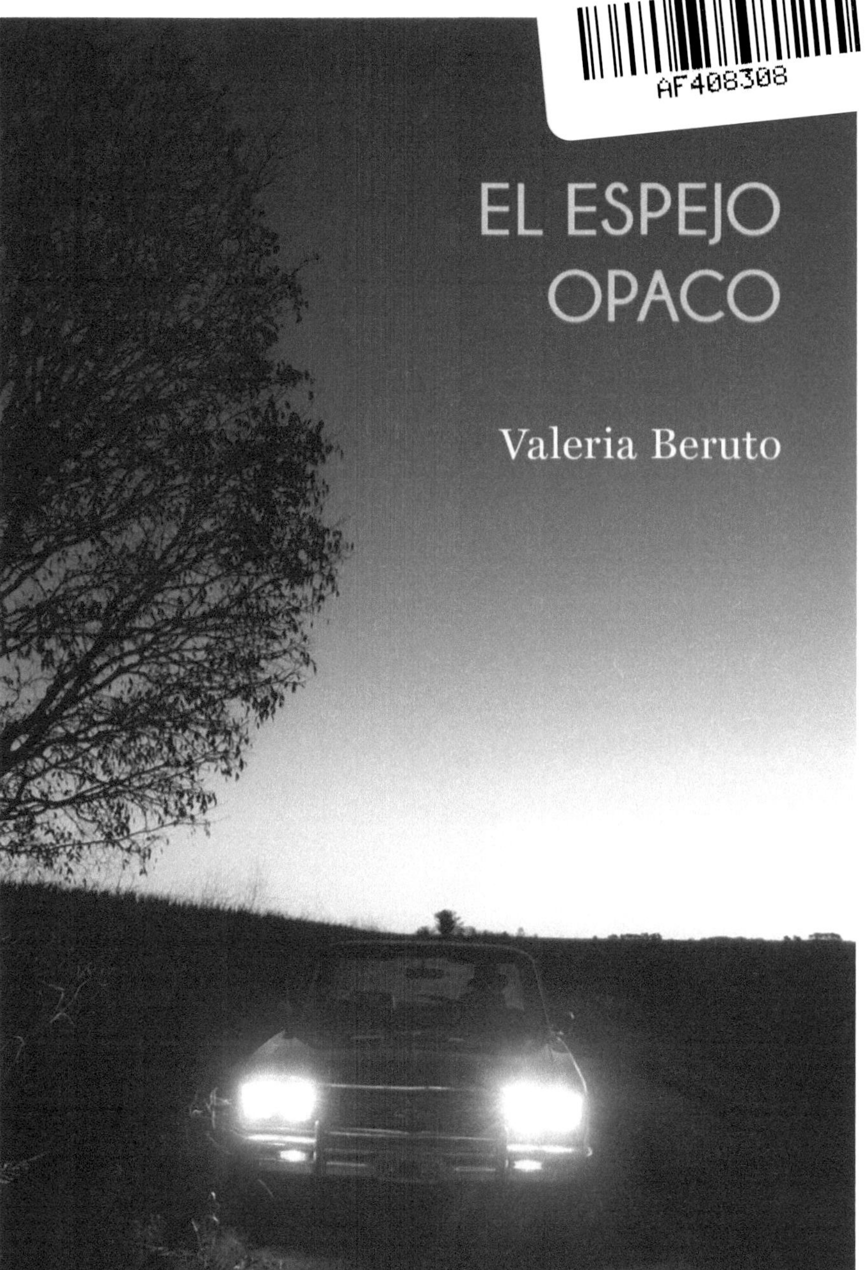

EL ESPEJO OPACO

Valeria Beruto

¿QUIÉNES DEJAMOS DE SER A LO LARGO DE LA
VIDA PARA SER QUIENES SOMOS?

Argentina, 1953.

Torcuato Solás es el primer profesional de su familia.
Dejó su tranquila vida provinciana por un mundo lleno de
expectativas puestas en la ciencia. Pero el destino tiene otros
planes para él. Primero, el Proyecto Huemul resulta una
estafa. Después, su vida se entrevera de manera misteriosa
con la de un *dandy* porteño, Carlos Beláusteguy. Atender a
las reglas de mundos tan dispares, a cientos de kilómetros
literales y metafóricos uno del otro, dejará en Torcuato una
huella indeleble de planteos sobre su identidad.

¿En qué momento se caen los puentes que nos conectan
con nuestros orígenes? ¿Cómo nos transformamos en el
espejo opaco de alguien?

Una historia sobre quiénes somos y quiénes dejamos de ser.

www.editorialelateneo.com.ar
/editorialelateneo
@editorialelateneo

www.editorialelateneo.com.ar

/editorialelateneo

@editorialelateneo

EL ESPEJO
OPACO

EL ESPEJO OPACO

Valeria Beruto

Editorial El Ateneo

Para Manuel

NOS VAN A CAMBIAR LA CARA, LA VOZ Y EL PELO;

LO ÚNICO QUE NOS VA A QUEDAR ES EL NOMBRE.

UNO

El hotel en el que estaba parando era de una pareja de gallegos, doña Esther y don Eusebio. Se llamaba Hotel Miami y quedaba sobre Chacabuco, esquina Venezuela. Era un hotel limpio, con casi ninguna pretensión y buena atención.

No era para nada conveniente que doña Esther lo viera vestido de pies a cabeza así, como un tenista francés. Recordó haber dejado la puerta que daba al balcón sin cerrar; entonces, en lugar de entrar por la entrada principal, se animó a escalar hasta el segundo piso por el pulmón de manzana, al que accedió por una callejuela. Vestido de punta en blanco, buscó dónde apoyar sus pies en cada movimiento y cómo aferrarse con sus manos a los promontorios imperceptibles de la pared. Mientras trepaba, maldiciendo su suerte, pensó en lo bien que había hecho en consagrar su vida al apacible devenir de un laboratorio de física y en cuánto deseaba restablecer ese orden.

Ni bien puso los pies en el piso del balcón sintió que algo había cambiado en él. Miró hacia abajo y calculó que había trepado unos siete u ocho metros. Respiró hondo y miró la línea que separaba la ciudad del cielo, algo difusa por el velo negro de carbón que sobrenadaba en el horizonte. No le costó nada fantasear unos segundos con que de su cuello crecía una capa azul de Batman.

Sacudió de su cabeza esas ensoñaciones, entró en su habitación y se vistió de Torcuato Solás, un hombre como cualquier otro.

Mientras se ponía un pantalón pinzado, se sintió un poco ajeno. Las preguntas lo increparon, como si hubieran estado agazapadas a la espera de poder indagarlo. ¿Estaría realmente vivo? ¿O solo divagaba en estertores de la vida yendo a ese lugar del que nadie tiene precisiones? Cuestionar estas extrañas reglas a las que había sido sometido apenas unas horas antes era una posibilidad que lo dejaba en escenarios ciertamente peores.

El cuerpo le quedaba raro. No había tenido mucho tiempo para tomarlo en cuenta, pero sin duda la escalada por los balcones del hotel tenía más que ver con su dueño anterior que con el presente. Había habido algo de ayuda en encontrar el cuerpo indicado, más allá del rastreador, y sintió cierto rechazo al notar que alguien tan parecido a él se moviera en la misma ciudad. *Doppelgänger*, pensó.

Todo parecía indicar que empeñar su palabra en la burocracia celestial había sido una buena decisión y, fuese cual fuere el desenlace, cumpliría el plan estipulado al pie de la letra.

El ruido de un reloj de pared con péndulo lo sacó de la abstracción y lo devolvió al tiempo real, por irónico que pareciera tal cosa como un tiempo real.

Bajó por las escaleras y se encontró con doña Esther, que estaba recolectando los chismes vespertinos.

—¡Profesor Solás! Me tenía preocupada —lanzó la gallega pestañeando un poco más de lo habitual—. Y no solo a mí: lo llamó su novia de Bariloche ayer —continuó mientras lo analizaba en busca de evidencia—. No se preocupe, que yo me sé guardar muy bien los secretillos y no he dicho palabra. —Acompañó esta oración cerrando sus labios con los dedos como si fueran un cierre relámpago—. Solo me he limitado a tomar el recado.

—Muchas gracias, doña Esther. Estamos en lo más arduo de la negociación y no es raro que me tenga que quedar a pasar la noche en la Comisión ultimando detalles.

La declaración había sido tan convincente que hasta él mismo la creyó. Notó que doña Esther se desinflaba un poco, como si las especulaciones que salieron de su cuerpo la hubieran dejado vacía.

Sin dar tiempo a que la gallega acotara o preguntara, y a riesgo de resultar algo descortés, se esfumó.

Si llegaba antes de las seis a la Comisión, podía salvar las horas de ausencia, así que tomó el subte línea D hasta la estación final, Palermo. Bajó apurado, como todos los demás pasajeros, que iban metidos en sus temas con caras más o menos contrariadas. De no haber sido porque tuvo que atarse los cordones –por eso se corrió hacia un costado–, no habría visto el mural de mayólicas que adornaba la estación. No tenía por costumbre reparar en la decoración de las estaciones; la mayoría tenía motivos nacionalistas que por alguna razón un poco lo fastidiaban. Esta vez reparó en los cerámicos brillantes de un paisaje español en el que se veía a una mujer vestida de blanco con una túnica y la cabeza cubierta, de espaldas, mirando veleros en una bahía, probablemente partiendo. Le llamó la atención la notoria desproporción entre los veleros y el resto de la escena. Los veleros eran mucho más grandes que las casas, eran infantilmente grandes. La mujer los miraba con una mano levantada y, apoyada en un arco de medio punto, parecía despedirlos. Pero al detenerse en la mujer notó algo perturbador: la mujer no miraba a los veleros, la mujer miraba la pared, que estaba a unos pocos centímetros de su cara. Arriba a la derecha se alcanzaba a ver una fortificación. Torcuato miró la escena una vez más y trató de entenderla toda: los veleros gigantes, la mujer de blanco, la despedida y el encierro. Había algo poderoso que lo recorrió y lo estremeció, tanto que se sintió abrumado y decidió salir rápido, dando saltos por las escaleras, a tomar aire. El resto del trayecto lo hizo en colectivo.

En la oficina prácticamente no habían notado su ausencia. Tal vez pensaron que estaba en reuniones en Palermo o algo así. Lo que sí notaron de inmediato fue el bigote anchoíta.

—Mírenlo: de rata de laboratorio a *dandy* de la gran ciudad sin escalas —opinó un compañero.

Cuando se hicieron las siete y casi todos se habían ido, fue al baño con el bolso de mano que se trajera desde el Hotel Miami. Claro que lo había planeado todo. Era necesario aparecer por lo de Beláusteguy esa misma noche.

Al salir, solo se cruzó con un muchacho de seguridad en la entrada de la Comisión que no lo reconoció en su versión Lacoste. Como presintió que lo iba a parar para averiguar su identidad, se anticipó:

—Buenas —y ante la mirada reticente agregó—: ¿Qué pasa? ¿No puedo empilcharme pituco?

—¡Profesor Solás! No lo había reconocido. ¡Pero qué pinta! No me diga que anda picoteando algo exquisito por el barrio…

Le guiñó el ojo tipo Clark Gable y salió dando algunos saltos por la escalera. Por más hombre de ciencia que fuera, albergaba ciertas fantasías de galán.

Sin embargo, el desliz con el hombre de seguridad lo dejó pensando. ¿A quién podría convencer de que ahora él era ese? Se tranquilizó pensando que aquel incidente sería producto de un sesgo de la profesión, estos tipos que trabajan en seguridad se pasan el día registrando caras. En cambio, con sus compañeros de trabajo, los comentarios no habían pasado de la sospecha de que andaba con algún negocio nuevo. La verdad es que no hacía mucho tiempo que estaba en esa oficina y no compartía demasiada tarea con ellos, que en su mayoría eran administrativos.

De lejos distinguió el fileteado amarillo, rojo y negro del 60. Como de costumbre, venía lleno; no le quedó otra que acomodarse detrás del chofer. Se distrajo un poco mirando el babero de paño rojo y letras bordadas de color dorado que colgaba por arriba del espejo delantero. Los flecos copiaban el vaivén del colectivo en un ejercicio de hipnosis.

Se bajó en Las Heras y Callao. Caminó sin demasiada prisa hasta la dirección que figuraba en la libreta y aprontó el llavero que había encontrado en el bolso de Beláusteguy. La primavera de noche le resultaba tan agradable que a veces lo abrumaba. Buenos Aires tenía eso: el perfume de las flores mezclado con algo de hollín.

Ni bien puso la llave en la cerradura de la puerta principal de la casa, apareció un ama de llaves con los ojos a punto de ser eyectados de sus órbitas.

—¡Señor Beláusteguy! —se persignaba una y otra vez la señora de delantal blanco y vestido negro—. ¡Por favor! ¿Dónde estuvo? Estábamos desesperados.

Detrás del ama de llaves, que se llamaba Inocencia y sobreactuaba su nombre, se acercó lentamente una mujer joven con una seguridad arrolladora. Inocencia no dudó en pasarle la posta a la mujer para que continuara con el escarmiento.

—Charlie, querido, a vos habría que mandarte el Quinto Regimiento de Granaderos a Caballo para pararte —mientras decía esto, casi despojada de emociones, meneaba la cabeza para expresar una resignación pactada desde el principio.

—Señor Beláusteguy: no sabe lo preocupadas que estábamos la señorita Concepción y yo. No quisimos alarmar a nadie en la estancia, así que ellos no saben nada. Estábamos por dar parte a la policía; qué suerte que ha llegado justo a tiempo.

Desde el *hall* de entrada una escalera de roble de Eslavonia crecía hasta el primer piso, en el que una araña de miles de caireles jugaba con la luz. Inocencia, parada ahí con su devoción y su uniforme impecables. Concepción, plantada con su pantalón de seda amplio y la camisa apenas translúcida.

Torcuato cambió su forma de pararse y la expresión en su cara: se irguió, echó los hombros hacia atrás, puso una mano en el bolsillo del pantalón y arqueó sus cejas en una posición nunca antes ensayada. Improvisó un encanto y una naturalidad que con el paso de los días se volverían agotadores para él.

Durante la comida trató de hablar lo menos posible. Concepción conversó sobre gente absolutamente desconocida para él en cuanto a viajes, comidas a beneficio y galas en el Teatro Colón. También notó que la ropa a Torcuato le quedaba holgada y que estaba pálido. Le acomodó el pelo a la manera que Beláusteguy lo usaría o, más probablemente, como seguro a ella le gustaba. Aprovechó para echarle en cara que el semblante que tenía se debía a sus múltiples actividades, combinadas con una intensa vida nocturna.

—Aunque tus ojos están distintos —observó sin poder dar detalles.

Después de un rato de conversación casi agradable, de la nada le clavó una mirada de rapiña y sentenció:

—Charlie, cielo, sabés que puedo convivir con mis sucursales, pero nunca más te atrevas a jugar el juego de la indiscreción. Primero yo. Lo que cae de la mesa, para las demás; en clandestino. —Siguió comiendo.

A Torcuato la comida le quedó anclada en el esófago. La distancia que existía entre esta arpía y su Ana Laura se medía en unidades astronómicas.

DOS

Un día antes de aparecer en lo de Charlie Beláusteguy –un día antes de que todo cambiara–, Torcuato Solás había bajado la escalera de mármol de aquella dependencia del ministerio haciendo ruido a propósito; estaba celebrando la reunión que acababa de tener y que sin duda era muy positiva para la continuidad del proyecto. Era de noche y estaba lloviendo; difícilmente conseguiría un taxi, por lo que se guareció levantando las solapas anchas –algo pasadas de moda– del traje cruzado y empezó a caminar.

No llegó a hacer una cuadra cuando sintió el motor diésel de un taxi Mercedes Benz que venía regulando en segunda. Le pareció absolutamente increíble y lo atribuyó a que estaba en la buena, y que entonces las cosas se le regalaban sin motivo.

Breve gesto mediante, el conductor acercó la *hormiga negra* al cordón y se detuvo. Al entrar al auto percibió el olor a cuero; seguro no tenía más de tres meses en uso. Las relaciones del gremio con el gobierno habían hecho posible la importación de Mercedes Benz, por lo que los Chevrolet 1951 habían sido desplazados. Todavía no llegaban a satisfacer la demanda de taxis de Buenos Aires, pero en días con suerte como el que estaba teniendo Torcuato podía suceder el tomar uno en plena lluvia.

—A Libertador y Ramallo, por favor.

—Cómo no, señor.

Torcuato venía pensando en lo importante que había sido esa reunión para que no tambalearan los planes de la energía atómica en el país. Habían caído en el descrédito con el Proyecto Huemul, y era preciso dar señales lo antes posible. La verdad era que Torcuato ocupaba un cargo menor en Bariloche y no podía decir a ciencia cierta qué había pasado con Richter. No había tenido mucho contacto con él y solo cumplía órdenes muy puntuales en el laboratorio. Richter era un hombre raro, que a duras penas había aprendido algunas palabras en castellano. No era un mal jefe; había logrado que los pocos empleados de laboratorio confiaran ciegamente en él. Se movía con aplomo, como si todo el proyecto estuviera en su cabeza con lujo de detalles. En la fase de construcción de la planta vigilaba en el muelle cada uno de los barcos que traían el material desde la costa de Bariloche. Temía que le robaran la carga, incluso pensaba que podía ser víctima de algún boicot, porque consideraba que lo que estaba sucediendo ahí era de interés mundial e histórico. Había dispuesto turnos de vigilancia con hombres armados las veinticuatro horas junto con perros entrenados que circulaban por todo el predio. Cuando algún colaborador hacía muchas preguntas, él no respondía y se excusaba diciendo que era por la seguridad de sus empleados y a favor de la concreción del proyecto que nadie más que él debía reunir la totalidad del plan. Torcuato pensaba que eso no tenía ningún sentido, pero no lo podía cuestionar y lo atribuía a que la gente como Richter venía muy marcada por la guerra y tenía una visión distinta de todo. Había un abismo entre Richter y los empleados, un abismo de lo no dicho, de especulaciones que ni siquiera a escondidas de él se comentaban, pero que todos pensaban. En el laboratorio donde Torcuato trabajaba, las cosas marchaban bien, según los modestísimos objetivos que se habían planteado, más cercanos a la eficiencia burocrática que a la búsqueda de resultados. Inmersos en el manejo de cuestiones menores, no notaban que las piezas del plan no ensamblaban y que estaban a años luz de esa promesa que le habían hecho al General: entregar la energía eléctrica para cada casa en dispositivos como si fueran botellas de leche. Se había hecho una conferencia de prensa en Casa Rosada y, mientras Richter aseguraba que estaban próximos a demostrar los primeros resultados de tamaña inversión, en la isla Huemul solo hacían chispas con un arco voltaico. El proyecto voló por los aires cuando fueron Balseiro y compañía a auditarlos. El informe fue taxativo. Demoledor. Un escándalo.

En esto estaba, cuando notó que el chofer se había entusiasmado con la velocidad y venían a fondo por Godoy Cruz. El tipo venía en el aire y el empedrado mojado era una pista de patinaje. Tosió un par de veces para ver si se percataba de su incomodidad. No aminoró la marcha siquiera en la esquina con Paraguay. La palanca de cambios temblaba tanto que

Torcuato pensó que podría salirse la cuarta y que el motor escupiría una biela. El auto copiaba los pozos del empedrado dando saltos que terminaban cargando los amortiguadores. Los charcos de agua se partían al medio a su paso, era como un transatlántico imparable. La sensación era que se iba destartalar de manera inminente. Ya estaban llegando a Santa Fe y el chofer no amagaba a frenar. Sintió el corazón galopar dentro del tórax pensando que estaba a segundos de su prematura muerte. Ni siquiera llegaría a comunicarle a su jefe las novedades de la reunión. Al menos estaba bien combinado, pensó. El pañuelito en el bolsillo, medias y calzoncillos sanos, los zapatos lustrados y la camisa con el cuello limpio, considerando el hollín que flotaba en Buenos Aires. Su madre habría estado orgullosa de él.

El Hotel Palermo se les venía encima y fue entonces cuando, a voz en cuello, le pidió al chofer que se detuviera, que se quería bajar, que estaba loco, que se iban a matar y todo eso que sale de algún lugar del instinto de autopreservación.

Lo que siguió fue confuso: se deslizaron a toda velocidad para cruzar Santa Fe como jugando a la ruleta rusa. Torcuato cerró los ojos para no tener que ser testigo, además de víctima, de ese horrendo final. Luego sintió que el traqueteo del empedrado se esfumaba y al abrir los ojos una neblina apretada se había posado alrededor del auto. Ya no llovía. Había quedado en una posición espástica agarrado de la butaca delantera, pero ya sin gritar. La expresión de pánico había quedado grabada en su cara y su cuello. Creyó que habían entrado en la zona portuaria, pero las distancias no cerraban en sus cálculos un poco afectados. Hacía poco tiempo que vivía en Buenos Aires y no se ubicaba muy bien. Se alcanzaba a ver algún que otro farolito y los árboles iban quedando detrás. Estaba estupefacto y las palabras no conseguían atravesar su garganta. El chofer no se mosqueaba, solamente había aminorado la marcha y el motor agradeció el respiro. Calculó que faltarían unos quince minutos para llegar a destino y terminar con ese viaje extraño. Entonces el auto se detuvo por completo. Así, en el medio de la niebla.

—Hasta acá llegamos —dijo el chofer, un hombre de unos cuarenta y pico de años, de tez trigueña y pelo oscuro, peinado con raya al costado.

—¿Estamos en Libertador y Ramallo?

—No, pero bájese, por favor.

Supuso que sería asaltado por matones de los barrios bajos; él, que era un alfeñique con muchas horas de laboratorio pero sin calle, sintió pena por sí mismo. Obedeció callado, y salió del auto con las manos en alto, como para que estuviera claro que no quería pelearse con nadie. Tiró su maletín unos metros delante de él, como en alguna película de Orson Welles.

—No traigo mucho, apenas este reloj que me regaló mi padre cuando me gradué y algún dinero en la billetera.

Su voz sonó distinta, pero distinta más allá del terror que lo invadía. Rebotó varias veces y luego se desparramó en un espacio abierto enorme. Tenía la mirada perdida en la niebla que se colaba entre sus piernas. Esperó algunos segundos, temblando del miedo, a que aparecieran los malvivientes habituales. Pero el hampa no aparecía.

—Voy a meter la mano en mi bolsillo para sacar la billetera. No estoy armado —anticipó.

La billetera cayó al piso y no pudo ver dónde estaba. Entonces se animó a levantar la vista en busca de profesionales de la mafia y los atracos.

No había nadie. El gris tenue predominaba y un lejano ruido que se repetía.

—El siguiente, por favor.

Era una voz femenina con mucha autoridad y poca paciencia.

Caminó hacia la voz unos veinte metros y, en efecto, vio a una mujer joven, pulcra y de gesto duro, sentada detrás de un escritorio de metal. Ella misma parecía un poco de metal, con su pelo de brillo plateado tirante hacia atrás y su traje entallado de tweed color gris claro. Tipiaba en una Olivetti sin sacar la vista de un papel que tenía a su lado. A simple vista se jactaba de su lugar y de su técnica mecanográfica.

—Buenas noches, señorita.

La mujer siguió tipiando; cuando terminó, levantó la vista y se dirigió al recién llegado, que la miraba con la cabeza metida entre los hombros.

—Señor Torcuato Salas.

—No, mi nombre es Torcuato Solás, con "o" y acento en la "a".

La mujer puso los codos sobre el escritorio, se tomó el mentón y exhaló con fuerza por la nariz.

—¿Cómo que no es Torcuato Salas?

—No, bueno, parecido, pero no… ¿Quiere ver mi libreta de enrolamiento?

—No, no… Esas cosas acá no sirven.

Acto seguido, llamó al chofer del taxi, que todavía esperaba a unos metros, apoyado sobre el auto.

—Le pedí que me trajera a Torcuato Salas, no a Torcuato Solás.

—¿Qué? ¿No es?

—No, no es.

—Uh, qué macana… ¿Y usted ya cerró la cuenta?

—Sí, ya la cerré.

—Ay, qué picardía. Y, bueno, ya está —se resignó el chofer.

Torcuato atendía la conversación sin entender; aparentemente, se había cometido un error que lo involucraba y quiso saber.

—Perdón, seré curioso, ¿pasa algo?

El chofer miró al piso y la mujer clavó la mirada en el teclado de la Olivetti.

—Su cuenta ha sido dada de baja por equivocación, señor —contestó finalmente la joven sin llegar a hacer contacto visual con el damnificado.

—Ah, caramba. ¿Y de qué cuenta se estaría tratando?

—¿No sabe dónde está?

—Calculo que… La verdad es que no vivo en Buenos Aires. Yo soy físico y trabajo en Bariloche hace un tiempo. No sé… ¿Estaremos por los bosques de Palermo…?

—No exactamente.

—Ah, pero qué cosa. Dígame entonces dónde estoy y qué cuenta se cerró.

—Se dio de baja su cuenta terrenal, de la vida. Y usted está en lo que viene después.

Un enjambre de miles de avispas africanas se apoderó de sus oídos, su vista y su conciencia.

—¿Qué me está diciendo, señorita? ¡Si yo no morí!

Sin empatía alguna, la mujer le explicó que, en efecto, había muerto en un accidente en Santa Fe y Godoy Cruz, pero que había habido un pequeño desliz y que el hombre encargado de llevarlo a ese lugar, popularmente conocido como "la parca", no había apuntado bien el nombre de la cuenta que vencía esa noche ahí.

—No hay nada más que hablar: devuélvame.

—Eso no es posible, señor. Ya cerré la cuenta. Es irreversible, así es como se manejan los procedimientos en este área.

—¡Pero qué insolencia! Quiero hablar con su superior —sentenció vehemente.

La joven se levantó, momento que Torcuato aprovechó para apreciar mejor a su interlocutora, sin importar lo inadecuado que resultaba eso en tales circunstancias. La pollera se ceñía al cuerpo de la mujer hasta llegar debajo de las rodillas, a partir de donde se observaban unas pantorrillas firmes en medias de nailon y unos tacos negros. Llevaba el pelo recogido, dejando su cuello al descubierto.

Unos minutos más tarde la joven regresó acompañada por un hombre de unos cuarenta años, de traje gris oscuro y prolijo, peinado a la gomina hacia atrás. Ambas figuras contrastaban con los muebles de metal, estilo aeronáutico, entre los que se contaban archivadores, escritorios y mesadas.

Sin disculparse por el fatal error, el hombre hizo una introducción sobre la burocracia celestial y le explicó ciertas grietas del sistema en las que se podía encontrar una solución al problema.

—En síntesis, lo que habría que hacer es encontrar un hombre fisonómicamente parecido a usted, ya que, como le expliqué, su cuerpo es irrecuperable luego del accidente.

Lo que proponía este señor era tomar el cuerpo de algún sujeto parecido a Torcuato y que luego se las ingeniara para dejar atrás elegantemente la vida de esta persona y recuperara la suya. Tenía a favor que la vida en Bariloche podía esperar a que liquidara el problema con la vida del cuerpo usurpado.

Rumió la idea un rato. Se sentía estafado. ¿Por qué tenía que pagar el error de ellos, poniéndose a buscar un tipo parecido a él?

—¿No existe la posibilidad de que me devuelvan sin tener que pasar por la expropiación de un cuerpo?

El hombre engominado no ofreció siquiera una palabra para contestarle. Lo miró fijo moviendo la cabeza hacia un lado y el otro.

—Solás, no le dé muchas vueltas. Se queda acá o baja en las condiciones que le expliqué.

—¿Hay que firmar algo?

La respuesta fue un seco "No", a lo que se agregó un "Pero, por favor, actúe concienzudamente, recuerde que esto es una grieta; podría caer en el abismo".

La palabra "irrecuperable" rebotaba en su cerebro sin poder dar con una imagen que pudiera aceptar. Sintió ganas de vomitar, de vandalizar el lugar, de llorar a gritos, de agarrar al engominado y molerlo a golpes, y a la vez, de tirarse y no hacer nada.

—Y mi... ¿cómo decirlo? —respiró hondo, sabiendo que estaba cruzando un umbral—: ¿mi cuerpo terrenal? ¿No habría que hacer algo con eso?

Referirse a "eso" cuando estaba hablando de su cuerpo le revolvió aún más las tripas.

—Mire, señor Solás: esto lo arreglamos acá, entre nosotros cuatro. Usted cumpla con lo que prometió. Hágalo prolijamente. Nosotros haremos nuestra parte y con un poco de suerte nadie más se enterará. ¿Me entiende?

Luego, el hombre instruyó a la parca para que juntos salieran de ronda en busca de un cuerpo similar. La parca, que se llamaba Hugo, se cuadró haciendo sonar las suelas de los mocasines en un gesto burlón y se dirigieron nuevamente al taxi.

TRES

Hugo le contó que le gustaba empezar el recorrido por San Telmo o Barracas, porque allí siempre era más fácil trabajar. Él estaba encargado del área metropolitana y, muy de vez en cuando, se cruzaba con colegas de otras zonas, a excepción de algún evento catastrófico en el que todas las parcas eran convocadas a actuar.

—La verdad es que yo no soy ningún pituco, pero me gusta cubrir la zona de Recoleta. Qué sé yo. Generalmente, son menos amargas las muertes ahí, y me tocan menos el *cuore* —hizo una pausa y, sincerándose, siguió—: si es que aún lo tengo. A veces hasta están entusiasmados los deudos. Me ha pasado de ir a hacer el servicio a alguna casa donde estaban brindando con champán —comentó con la voz un poco exigida para que no la tapase el ruido del motor—. La mayoría de las veces son muertes anunciadas. Enfermedades largas, ¿vio? Por eso es menos dramático. Igual, siempre hay alguien para llorar a un finado, aunque sea de compromiso. Por más cabrón que haya sido en vida, cuando se viene con nosotros, el tipo se convierte en algo bueno. Y las minas, por ejemplo, si fue atorranta, se la recuerda por piadosa; y si fue una víbora, por su rectitud. Es así.

A Torcuato le importaban poco y nada las introspecciones de Hugo. Le prestaba la oreja y ponía cara de atención, pero su mente vagaba en un mar surrealista.

—¡Y no sabe lo que es cuando nos juntamos para fin de año con todos los colegas! ¡Madre mía! —y por unos segundos soltó el volante para enfatizar la expresión tomándose las manos—. Ahí sí que salen buenas anécdotas. Tengo un compañero que atiende gitanos: ¡lo vuelven loco, pobre tipo!

Torcuato, que por razones desconocidas venía sentado atrás, notó que el tablero del taxi ya no era la chapa negra sobria con relojes blancos, sino que en su lugar se había desplegado un aparato que jamás había visto, lleno de luces, interruptores, perillas y pequeñas antenas.

Ante su evidente perplejidad, Hugo le comentó que ese aparato era un "rastreador tanático" que indicaba dónde se ubicaban las personas a las que les había llegado la hora, que habían llegado a ese punto de no retorno, a ese instante en que la vida se suelta y que los manotazos, propios o ajenos, no alcanzan para agarrarla de nuevo.

—Dos por tres anda mal y le tengo que meter mano. Antes nos manejábamos con órdenes en papel, y ahora estamos con esto. Qué sé yo... No es lo mejor, pero es cierto que ahora hay tanta gente que tenemos que agilizar la tarea incorporando tecnología, ¿vio?

El auto tenía olor a cabeza: caspa y seborrea. Ese olor que tienen los autos cuando un tipo los maneja todo el día; entrar en ellos es como meterse en una cueva habitada por un ser; un espacio demasiado público para ser íntimo, pero que no deja de ser muy personal. Un lugar de estricta incomodidad.

Venían por Perú cuando una luz roja en el tablero, que parecía el foco trasero de un Justicialista, se prendió en intermitente. Hugo calibró dos relojes y enseguida aceleró a fondo la máquina. Conducía con extrema concentración, algo inclinado hacia delante, como si fuera un *pointer* señalando la presa. Las manos casi juntas en la parte superior del volante.

Al llegar al lugar que indicaba el rastreador, se bajaron del taxi y vieron a un hombre parado en la azotea de un edificio. Miraba hacia abajo y luego hacia arriba. Los separaban cinco pisos. Sin esperar el desenlace seguro, Hugo dio medio vuelta y le dijo a Torcuato:

—Vio que no hay que confiarle tanto al aparato ese —acto seguido, el hombre dio un paso al vacío y gritó durante todo el trayecto hasta la vereda—. A mí me salía en el rastreador que iba a suicidarse metiendo la cabeza en el horno.

El cuerpo explotó en el piso. Evidentemente, a Hugo le molestaba la imprecisión.

Torcuato no conseguía recuperar el aliento viendo el cuerpo de ese hombre estampado en el piso, solo. Sería muy difícil olvidar la secuencia sonora de una persona arrojándose de su vida.

Escuchó que Hugo hablaba por radio con un colega para que lo cubriera con esta muerte.

—Después te explico, Mingo, pero necesito que te hagas cargo de este, porque me mandaron de arriba a solucionar otro asunto.

Esa noche estuvieron en dos suicidios y tres homicidios de tipos que no se parecían en nada a Torcuato o cuyos cuerpos no quedaban en condiciones presentables. Tampoco sirvieron un derrame cerebral y un tromboembolismo pulmonar, porque llegaron cuando una esposa y una enfermera, respectivamente, ya habían notado la fatalidad.

—Para mí que las minas nos huelen.

De noche, la muerte parece más probable; y lo es. La hora del lobo, un par de horas antes de amanecer, cuando más gente muere, cuando todo es más grave, cuando del sueño profundo se despiertan los demonios y fantasmas, cuando los insomnes sufren más. Buenos Aires les mostraba su lado más oscuro, aquel que guarda a las parcas operando.

Para hacer tiempo a la espera de que el aparato hiciera otro anuncio, pararon en un puestito sobre la costanera que, misteriosamente, estaba abierto. Hugo tomó café negro y saludó a unos hombres que estaban alrededor de una mesa chica de chapa. Los tres tenían algo parecido, cierto gesto, una forma de vestirse, de tomarse a sí mismos muy en serio, de participar de un folklore antiquísimo que se imponía a los demás, como avisando "estos somos nosotros, los que estamos de este lado". Después del café, Hugo sacó un plumero y repasó su auto por fuera. A eso de las siete y media de la mañana, con la insolencia de los rayos del sol que inundaban el taxi, una lucecita se prendió, otra vez, en el tablero. Se trataba de un hombre y estaba en la unidad coronaria del Sanatorio Otamendi. Se dirigieron a toda velocidad, con la esperanza de llegar a tiempo.

Dejaron el auto estacionado sobre la avenida Córdoba y entraron al sanatorio por la puerta del personal. Hugo contaba con una versión portátil del tablero para dar con el cuerpo y caminaba por el lugar sin pedir permiso, con el andar cansino de quien ha hecho mil veces el recorrido. Ni bien abrieron la puerta de la unidad coronaria, identificaron al sujeto, que era algo parecido a Torcuato. Tenía pelo castaño, con algunos rulos pero bastante lacio, alto, atlético, más bronceado que el común de la gente, una nariz perfectamente recta y abundante pelo en el pecho. Con el estilo de vida de un físico de laboratorio, en poco tiempo lo convertiría en la larva que era Torcuato.

Aprovecharon la distracción que produjo el cambio de guardia a esa hora para que nadie notara el deceso del joven. Hugo le hizo señas para que se acostara sobre el cuerpo inerte. Torcuato lo miró extrañado, pero obedeció. Miró a Hugo esperando más indicaciones, pero este solo hizo un gesto con la mano pidiendo paciencia. Cerró los ojos y confió.

Pudo sentir el olor a desinfectante, de base iodada, y escuchar ruidos metálicos que rebotaban infinitas veces en los azulejos blancos y en las mesadas.

Cuando abrió los ojos, se incorporó bruscamente, arrastrando una cantidad de cables y pequeñas ventosas que se adherían a su piel. La enfermera que estaba tomando los signos vitales del paciente de al lado pegó una espantada.

—¡Señor Beláusteguy! —dijo, entre estremecida por el susto y encantada por la novedad de que el señor de la cama doce se hubiera despertado brioso.

Los médicos se congregaron alrededor de la cama tratando de asimilar la inesperada mejoría. Escuchó que hablaban de un ventrículo severamente dañado y que con seguridad su caso iría a parar a un ateneo, una publicación y probablemente a un congreso; en ese orden.

Un poco más lejos, las enfermeras cuchicheaban y lo miraban de reojo, conteniendo algunas risitas.

Torcuato sabía que no podía perder tiempo, que ahora estaba librado a su suerte, sin indicaciones de Hugo. Había visto la historia clínica y decía que lo habían ingresado la noche anterior y que había sido trasladado desde la vía pública en estado de inconsciencia. Se empecinó, como pocas veces en su vida lo había hecho, en obtener el alta esa misma tarde. Como los médicos se negaban a soltarlo, entonces él mismo firmó con un garabato ilegible su externación. Le entregaron las pertenencias del señor Beláusteguy, con lo que había llegado la noche anterior, y las fue a estudiar al baño. La Libreta de Enrolamiento decía "Carlos Hilario Beláusteguy, nacido el 23 de agosto de 1912 en Pergamino.

Domicilio en Avenida Alvear 1491, Buenos Aires. Soltero". Con esa información se sintió habilitado a vivir su primer día en aquel cuerpo.

Sin dudas, Beláusteguy tenía un gusto particular, a juzgar por las prendas Lacoste que traía puestas en el momento del ataque cardíaco. Le pareció una verdadera excentricidad usar esa ropa en Buenos Aires: pantalón de corte estrecho color azul marino, blazer de gabardina beige a rayas azules y remera de piqué blanca con un cocodrilo. Miró la foto del documento y se peinó tratando de imitarla. Con una navaja bien afilada que le habían facilitado se afeitó, dejando unas "anchoítas" por encima de los labios, tal como el difunto usaba. Cuando terminó con todos los detalles que pudo captar, se miró al espejo y se detuvo en la imagen por unos minutos. No era un hombre coqueto ni mucho menos. De hecho hacía tiempo que no se miraba en detalle frente a un espejo.

Salió del Otamendi pensando el plan que ejecutaría en las próximas horas para que nadie notara el incidente. Su prioridad era atender ambas vidas para que nadie se avivara e hiciera preguntas. Una vez que tuviera el panorama claro, desactivaría la vida de Beláusteguy.
Antes de hacer el reporte del día anterior ante su jefe en la Comisión tenía que pasar por el hotel donde se estaba hospedando para cambiarse de ropa. Era preciso volver a su ropa –común y que solo decía que su función era cubrir su desnudez– para no desentonar con la vida que llevaba. Mientras caminaba por la vereda sintió que un profundo temor le recorría el cuerpo. Notó la precariedad de su vida. La fragilidad de su existencia. La inmediatez de la pérdida. Sintió que el aire no le alcanzaba para sosegar su angustia. La vida lo demandaba tanto como la muerte. Miró la copa de los árboles, algo que hacía desde chico, para contener las lágrimas cuando sentía que el llanto lo acechaba. Eso también lo tranquilizaba, cada rama y luego cada ramita abriéndose paso en el aire. Decidió ignorar esos pensamientos y poner manos a la obra. La única manera de actuar era

ponerse una meta y seguir adelante. Era preferible actuar que preguntarse si realmente seguía en el mundo de los vivos.

CUATRO

Ana Laura puso la pava en el fuego y pensó en Torcuato. A través de la ventana podía ver los árboles desnudos esperando que les llegara la primavera. Todavía no había aclarado y ya unos hombres cargaban leña en un furgón oxidado. Allí el invierno siempre tardaba en irse.

El ascenso ondulante del vapor que salía de su té la hipnotizó por unos instantes. Torcuato no le había devuelto la llamada.

Se vistió metódicamente, capa por capa de ropa. Siempre las medias antes que el pantalón, prenda que no aceptaban del todo en la escuela, pero contra la que, dadas las inclemencias del tiempo, no iban a librar una batalla perdida de antemano. Las medias de abrigo, la camiseta de lana fina, la blusa de viyela, la tricota de punto arroz, el poncho de vicuña. El aula de cuarto grado estaba orientada hacia el oeste, por lo cual, recién pasado el mediodía tomaba una temperatura apenas agradable.

Al salir de la pensión saludó a Gertrudis con las mismas breves palabras de cada día; lo único que agregó al intercambio sobre el clima que siempre hacían fue: "Torcuato ya debe de estar disfrutando de las primeras tardes tibias de la primavera de Buenos Aires". Caminó las cuadras que la separaban de la Escuela Nº 16 en sincronía perfecta con el muchacho de la panadería saliendo a hacer el reparto, la mujer del almacenero abriendo las cortinas y el hijo del carnicero, que llegaba a lo de su padre. La coreografía se repetía día tras día. Seguro que Torcuato todavía no se había despertado.

—Buen día, señorita Ana Laura.

—Buen día, Alfredo.

—Me parece que le voy a entregar a usted la llave para que abra la escuela, siempre llega primera.

Ana Laura improvisó cierta sorpresa para contestarle a Alfredo, aunque sabía que en el año y medio que llevaba trabajando ahí nunca nadie había llegado antes que ella.

En la sala de maestras, volvió a poner la pava en el fuego, esta vez para preparar café para sus compañeras. Torcuato estaría flaco de tanto comer mal en cantinas y barsuchos.

Una a una fueron llegando Nora, Alicia, Marta, Ana y María. Los engranajes de la máquina del día iban encastrando. Sin embargo, no era prudente forzar la mañana; la economía de palabras y movimientos se observaba como una regla fundamental.

Tanto a las maestras puntanas como a las porteñas el frío les parecía una calamidad que trataban de aceptar. La pica que existía entre las herederas de Sarmiento en San Luis y las de educación unitaria en Buenos Aires había quedado atrás. Sin duda, haber soportado un invierno juntas las había hermanado.

Cuando fueron las ocho y veinticinco, las seis mujeres salieron al patio helado a recibir a los alumnos e izar la bandera. A veces lo extrañaba a Torcuato, sobre todo en esta época, en la que el invierno se prolongaba desluciéndose, con los manchones de nieve derretida, todo saturado de agua fría, sin poder pasarle la posta a la siguiente estación.

Ana Laura ya había pasado un invierno sola en Bariloche, porque lo de Torcuato comenzó en el segundo verano allí. Se conocieron en una salida de pesca al río Limay. Los presentaron amigos en común. No les habían dicho a Torcuato y a Ana Laura que la intención de esa salida era que se conocieran, que por lógica eran el uno para el otro y que todos estaban de acuerdo en que no podía fallar esa presentación. Necesariamente comprenderían que no había mejor cosa en el mundo que tenerse el uno al otro, así, como por obra de Cupido. Los dos de carácter tranquilo, taciturnos, inclinados a la ciencia; algunos, incluso, esperaban literalmente ver el chispazo entre ellos al conocerse, algo que confirmara la magia que acababan de hacer, dejando a todos contentos.

Pero no. La realidad es que no hubo chispazo ni mariposas ni una flecha perdida de Cupido, nada en particular. Solo esa sensación incómoda de dos personas que perciben las expectativas de los demás.

Aquel día Ana Laura tenía el pelo recogido en una media cola, que le daba un aspecto angelical, bastante dulce, más de lo que era en realidad. A Torcuato le habían llamado la atención esos ojos castaños de pestañas largas que engullían todo a su alrededor. Era serena, parecía sumisa, pero cuando se expresaba no quedaban dudas de que había convicción y autodeterminación detrás de ese rostro aniñado. Mientras escuchaba a alguien se notaba que estaba atenta y que lo analizaba en detalle. Disecaba a sus interlocutores, ese era su vicio. Era experta en detectar incoherencias, contradicciones, falsedades de todo tipo que guardaba prolijamente en su memoria para luego usarlas en el momento oportuno.

Luego de aquel día empezaron a encontrarse cada vez más seguido. Tenían conversaciones interesantes y a Torcuato lo sorprendían ciertos pensamientos de Ana Laura que calificaba como de avanzada o muy modernos. Trataba de no darles importancia a esas cosas o negarlas, como cuando le dijo que le parecía una barbaridad que las mujeres que se separaban de sus maridos fueran segregadas socialmente. Para Torcuato el matrimonio era indisoluble y todo lo que quedaba por fuera de eso caía en un lugar tan oscuro que no se podía ver.

Un buen día, a todos, incluso a ellos, les quedó cómodo decir que eran novios, y, sin romance, se asumieron como tales.

Para Ana Laura lo más atractivo de Torcuato era su carrera. Lo envidiaba secretamente, cuidándose de que él jamás lo notara. Es que ella, poniendo toda la rebeldía de la que era capaz, había conseguido ser maestra. Pero eso no le alcanzaba.

Paradójicamente, para Torcuato, Ana Laura era un manantial de paz. Era esa novia estereotipada, que se parece a las demás —tanto como se la quiera ver parecida a las demás—, que no se sale de lo esperado —y si sobra algo se recorta—, pero que, por alguna razón inventada, es única. Menuda, bonita, cordial y con condiciones para llevar adelante sin problemas un hogar. Una novia funcional. Torcuato estaba dispuesto a ver hasta ahí nomás; del lado B de Ana Laura no tenía noticias, no porque no llegaran, sino porque no tenía intenciones de recibirlas. Quedarían bien en todas las fotos: compromiso, casamiento, primer hijo, segundo hijo, viaje a Europa, colación de grado de un hijo, casamiento de otro, primer nieto y aniversario de mil años de matrimonio.

Ana Laura no era un ser gregario, por decirlo así. Disfrutaba tanto de su soledad que no se lo contaba a nadie. Sin embargo, comprendía las ventajas de la sociabilización y atendía sus reglas.

Cuando terminó la jornada en la escuela, fue al correo.

—No me diga nada: son tres cartas. Una para su novio, otra para sus padres y la tercera para su hermana, la señorita Lourdes —se anticipó Ceferino, con los ojos cerrados, como si verdaderamente se tratara de un acto de videncia.

Ana Laura sonrió con melancolía impostada.

—Yo me pregunto cuándo va a venir a visitarla la señorita Lourdes… ¿Es parecida a usted?

—No, ella es mucho más bonita que yo —mintió—. ¿Hay algo para mí?

—Sí, llegó su revista.

A Ana Laura la reconfortó mucho recibir esa compañía, la revista *Sur*. Desde que se había ido de Buenos Aires la necesitaba mucho más. Vivía pensando que en Buenos Aires pasaban cosas asombrosas, que se daban a conocer novedades importantísimas y que ella no se enteraba, no estaba al tanto de nada, quedaba relegada. Se perseguía con eso, a pesar de que luego no pasaba nada, o pasaba poco, y todo era solo un producto de su imaginación. A la noche era peor, los fantasmas se magnifican con la oscuridad. No podía decir si todo el azul del lago, el verde de los coihues, el violeta de los lupinos y la distancia de su madre le ganaban a la sensación de haberse perdido en un lugar remoto. Claro que Bariloche poco y nada tenía que ver con la forma de vivir en cualquier pueblo del interior. Mucho más cosmopolita, tenía un extraño cóctel de inmigración y aristocracia porteña que se reunía ahí desde la posguerra. Las pistas de esquí, la vida nocturna y los viajes furtivos de personalidades la hacían un lugar muy distinto a otras ciudades del país.

Mientras volvía a la pensión, supo que esa noche no iba a hacer falta preparar la comida. Un café con leche grande y la revista la iban a sacar del tiempo y del espacio durante un buen rato. Luego, solo le quedaría dormirse y soñar una vez más que atravesaba el umbral de la Facultad de Ciencias Exactas. Estudiaba física, o tal vez matemática. Desafiaba los mandatos familiares y sociales. Su madre ya no la hostigaba. Y lo mejor de todo: en su sueño no tenía que darle explicaciones a nadie.

CINCO

Fueron solo algunos rayos de sol los que se colaron a través de las cortinas de pana. Pero uno de ellos le daba justo en el ojo izquierdo. A su lado, Concepción aún dormía. Parecía muerta más que dormida. La mayoría de las personas parecen muertas antes de despertarse. La miró por unos minutos sin querer aceptar que en realidad estaba controlando que respirara. A esas horas, el mundo interior de Concepción debía de tener muchos más estímulos que el exterior, apenas tomaba unos sorbitos de aire cada tanto. Concepción tenía una nariz filosa, algo severa. Sus ojos, en cambio, se hundían en cuencas relajadas y esto le daba un aire de sosiego. Los labios, empalidecidos por el sueño, caían empujados por la relajación general de la cara. Incluso así, dormida e indefensa, inspiraba respeto. Había algo dentro de ella, una sustancialidad, una economía de frivolidades, una visión minuciosa, una vocación por captar lo apenas perceptible que la ponían en un lugar preferencial en la consideración de los demás. Alguien con *gravitas*.

Torcuato bajó a la cocina atraído por el olor a pan horneándose.

—¿Se siente mal, señor Beláusteguy? ¿Qué hace a estas horas por acá?

Inocencia le sirvió el desayuno y le trajo el diario. De día, el comedor era mucho más pretencioso: redundaba en cuadros al óleo, muebles labrados y géneros de centenares de hilos. También había algunos jarrones de porcelana, algo que por motivos hundidos en su psiquis Torcuato odiaba. Era extraño que los odiara, siendo que los jarrones tenían un antepasado de utilidad concreta. Pero los odiaba igual. No soportaba los dibujos ni los ribetes dorados, que fueran altos y con boca chica. Eran un despropósito. Se le ocurrió que su primer capricho podría ser mandar a guardar los jarrones y fantaseó un rato con la idea de dar ese tipo de órdenes.

—Señor, le traje su *robe*, porque me parece que está un poco fresco acá.

Torcuato tomó la prenda y empezó a creer en el rol que le había sido asignado. Sin duda, habría un auto en el *garage* que le ahorraría mucho tiempo de transporte público. También especuló con que su ama de llaves conocía el lugar y la combinación de la caja de seguridad de la casa. En efecto, le pidió a Inocencia que le trajera dinero y así lo hizo. ¿Estaba mal? La discusión le pareció tan larga que prefirió ahorrársela, porque sabía que no sería vinculante, que igual necesitaba ese dinero y que nada cambiaría con sentirse un poco inmoral. En todo caso, siempre está la opción de poner las cosas de una manera en la que todo parezca justificado, incluso hasta bienintencionado.

Al entrar al *garage* vio lo que esperaba ver, una *coupé* Chevrolet '46. Entonces, ordenó el día de la siguiente manera: primero iría al correo, donde le escribiría a Ana Laura contándole que por tiempo indeterminado se tenía que quedar en Ezeiza y que, por favor, le mandara la correspondencia a un apartado postal que abriría acto seguido. Luego iría al Hotel Miami a dejar las cosas en orden por el tiempo en que se ausentaría. Por último, a la Comisión, a marcar tarjeta.

En el Hotel Miami les contó a los gallegos la misma historia sobre su traslado a Ezeiza. Lo miraron con el ceño fruncido. Había algo que no les cerraba y seguramente su nueva forma de vestir y peinarse era parte de eso. De dónde habría sacado ese traje y por qué ese nuevo afeite, deben de haber pensado. A doña Esther la notó especialmente preocupada. Tal vez creería que andaba con mala yunta y por eso le dijo algunos refranes gallegos. Para eso sirven los refranes: para poner en palabras de la sabiduría popular lo que alguien no quiere decir con su propia voz.

En definitiva, Torcuato había congelado su vida por un tiempo en el transcurso de esa mañana. Lo que no podía poner en lista de espera era su trabajo.

Estacionó la *coupé* a unas cinco cuadras de la Comisión, en un lugar solitario. Entonces se sacó el traje de Charlie, que tenía solapas finitas, acompañado por una corbata que era apenas una tira de seda italiana. Se puso su traje cruzado y lo que ahora le parecía un corbatón; completó la transformación con el peinado de costumbre y sus zapatos gastados.

Caminar las cuadras que lo separaban de la Comisión lo fueron llevando hacia esos pensamientos que deseaba evitar. Necesitaba gestionar dos vidas en paralelo sin siquiera haber hecho el duelo por perder su cuerpo, que lo había acompañado treinta y seis años. Todo era tan extraño, pero se tenía fe. Se dijo a sí mismo que contaba con todo lo necesario para desatar el nudo en el que estaba metido.

—¿Usted es Solás? —lo increpó la secretaria de Iraolagoitia cuando aún no había entrado en su sector.

—¿Sí…? —contestó con una entonación entre la buena disposición, el pánico y la sorpresa.

—Sígame, el director quiere hablar con usted.

Siguió a la mujer que lo convocaba, mirando la sucesión de cerámicos en el piso y aturdiéndose con su pensamiento. La cantidad de hipótesis que se agolpaban en su cabeza iban desde lo más triunfal y reivindicador hasta el despido con justa causa. Así de amplios eran los márgenes entre los que se manejaba. Había llegado hasta las puertas mismas del más allá y vuelto de este lado: todo le parecía posible. Algo que es muy propio de la locura, creer que todo es posible. Estaba tan necesitado de reconocimiento como lleno de suspicacia, por lo que el espectro de especulaciones tenía todos los colores. Los tacos de la secretaria sonaban como un redoblante que generaba expectativa. La banda sonora de la expectativa bien podría estar hecha con tacos. ¿Y si se habían dado cuenta de que su cuerpo no le pertenecía? ¿Cómo explicarles que lo de adentro era él, Torcuato? ¿Cómo hacerles entender a estos hombres de ciencia y de navíos que hay cosas difíciles de explicar y que aun así suceden, que hay que creer sin razonar, que solo se conocen algunas de las leyes que rigen a los vivos?

Entró primero ella y, solo cuando se cercioró de que Iraolagoitia estaba dispuesto, abrió la puerta completamente para dejarlo pasar. Ahí quedó, un poco apichonado, pensando en que era seguro que los siguientes veinte minutos fueran decisivos para él, que sucederían cosas que cambiarían nuevamente su destino, mientras que para Iraologoitia –capitán de navío y director de esa arca– serían solo veinte minutos de su día. Veinte de los otros mil cuatrocientos cuarenta minutos. La asimetría era espantosa.

Se quedó tieso en el umbral de la oficina. Sin poder dar un paso, recién reaccionó cuando vio que Iraolagoitia se levantaba y venía a su encuentro. Pensó en cómo este hombre había sido determinante para tomar la decisión final con respecto a Richter, desactivando un proyecto de millones y millones de pesos. Esto lo asustó un poco más: ese hombre no era un tibio. Torcuato sintió que Iraolagoitia buscaba su mirada y, cuando finalmente estuvo a dos metros de él, decidió dar un paso.

—Doctor Solás, qué gusto poder conocerlo personalmente —le dijo estrechando primero la mano derecha para después agregar la mano izquierda al saludo—. Pase por acá por favor, siéntese —todo sonaba muy cordial—. Me dicen que es usted un excelente pescador ¿es así? ¿Pesca con mosca, carnada, embarcado…?

—Con mosca, capitán —dijo sin poder no sentirse un poco marinero.

—Ah, ese es un tema pendiente para mí; espero algún día ir por sus pagos y aprender un poco de eso. ¿Toma café?

Iraolagoitia se acomodó en el sillón, miró a través de la ventana, que daba a la Avenida del Libertador, luego por unos segundos al techo y dijo:

—Mire Solás, yo sé que usted viene de una situación… —se detuvo unos segundos para elegir la palabra— bastante confusa —y lo escudriñó.

El corazón de Torcuato bombeó con fuerza la totalidad del contenido de sus arterias y venas; sintió gotas de sudor helado brotando de su cuerpo. Su intestino tomó nota de la situación.

—Esto que pasó debería haber sido el fin para usted, pero, sin embargo…, acá está.

Su desconcierto era absoluto. La actividad mental, frenética. ¿De qué hablaba este hombre, cómo podía estar enterado? Se reprochó no haber pensado antes en que seguramente Iraolagoitia tenía agentes siguiéndolo. Un tema tan delicado, con tantos intereses, no podía ser decidido solo con informes técnicos. Era evidente que para tomar una decisión como la que le había tocado a este hombre habrían intervenido los servicios de inteligencia. ¿Cómo no lo había pensado? Era una obviedad. Su intestino comenzó a reptar.

—Cuénteme, ¿cómo se está adaptando a la situación? Porque no dudo de que es algo sumamente difícil.

Asumió que era tarde para negarlo todo, que era un hecho que había fotos con su cuerpo en el accidente: despedazado, con los ojos abiertos, duros y secos porque nadie había tenido el cariño o el tacto de bajar sus párpados; que había perdido los zapatos –como hacen todos los muertos– y que se llegaban a ver en el último plano de las fotos unos mocasines con hebilla, que dios sabe quién recogería en qué momento y hasta entonces le recordarían a cada transeúnte que solo podían ser la evidencia de una tragedia. *Qué cosa tan falta de elegancia los muertos sin zapatos y qué cosa más desagradable encontrarse con un zapato abandonado en la calle*, llegó a pensar también en su raid mental. Seguro serían unas quince fotos en blanco y negro con brillo y mucho contraste, porque, al fin y al cabo, el que revela fotos en el servicio forense tiene ese morbillo, para qué ocultarlo, y que la sangre se vea más negra en las fotos. Imaginó que los agentes le habían pasado el detalle de todos sus movimientos, con qué descuido había tomado ese taxi, con qué ilusión había salido de aquella reunión, qué intereses podría tocar ese acuerdo. Su intestino asintió ante cada especulación.

Entonces miró al piso, un poco avergonzado y dijo:

—La verdad es que ha sido tan rápido e inesperado que ni siquiera sé bien si lo que pasó es real o es todo producto de mi imaginación.

—Bueno, quizás le ha parecido rápido porque fue el último en enterarse, pero llevaron su tiempo la investigación y la posterior decisión.

Había algo que él sabía y Torcuato no. Se preguntó con indignación creciente: ¿Cómo que todos sabían que yo iba a morir en tales circunstancias? ¿Sería una operación de los servicios para hacerme desaparecer? Todo sucedió aquella noche que salía de la reunión por lo de la planta de Ezeiza. Richter era un grano con pus en la cara del peronismo. *¿Yo* *qué era para ellos?* Torcuato sintió cómo se crispaba cada folículo piloso de su humanidad y de cada segmento de su intestino. Entonces, se escuchó decir:

—¡¿Usted sabía que yo iba a morir?!

Iraolagoitia lo miró azorado, inclinó todo su peso hacia el escritorio y, tomándose el maxilar inferior, dijo:

—No pensé que lo había dañado tanto todo esto.

—¿Pero cómo no me va a dañar? ¡Cómo se creen ustedes en el derecho de hacer y deshacer mi vida!

—Bueno, cálmese, Solás, no se lo tome así. Entiendo que, siendo usted un científico joven, estaba muy entusiasmado con el proyecto Huemul, pero *la única verdad es la realidad,* ¿comprende?

—¡Pero no me van a matar por eso!

—Solás, deje de decir esas cosas, por favor. El fin de ese proyecto no significa el fin de su carrera ni mucho menos.

En ese momento la respiración de Torcuato cesó. Quiso detener el tiempo para volver a escuchar todo de vuelta, para repetir cada segundo desde que había entrado en la oficina del jefe supremo; quiso que el tiempo fuera elástico, que se estirara todo lo que él quisiese y en esa invención acomodar el tablero que estaba a punto de patear. Entonces pensó: ¿Este tipo me está hablando de mi muerte o del fin del Proyecto Huemul? Su intestino murmuró algo que no pudo entender.

—De hecho, lo he llamado porque creo que merece una reivindicación.

Torcuato estaba estupefacto. No tenía idea de por dónde seguiría esta conversación, pero, en medio de su entrevero, logró captar que le estaba por decir algo positivo. Optó por llamarse al silencio y escuchar. Se acomodó algunos mechones de pelo que se habían zafado de la gomina y respiró hondo.

—Me han hablado muy bien de su desempeño en el laboratorio y el motivo de esta reunión es proponerle trabajar en el equipo del doctor Seelmann-Eggebert en la búsqueda de nuevos radioisótopos.

Notó que su cuerpo estaba muy tenso y le pareció oportuno relajar los hombros, que tenía a la altura de las orejas. En cambio, con su intestino no pudo dialogar, se había desatado una serie de reacciones que inexorablemente terminaría en un efecto dentífrico, tal como sucede al apretar un pomo de pasta de dientes.

—No sé si sabe que hemos adquirido recientemente un sincrociclotón y, por ahora, le podemos dar esta aplicación. Es un aparato fantástico, importado de Holanda. El equipo que se está formando es de primer nivel.

—Veo —atinó a decir.

—Yo sé que ha sido muy duro para usted caer en cierto descrédito y que por los pasillos se comentan esas cosas, *Huele-a-mula* y demás —minimizó—. Por esto creo que alinearse con un equipo de trabajo como el que le propongo redundará solo en beneficios para usted.

Este hombre sabía poner el dedo en la llaga. Aquella noche fatídica, cuando había salido de la reunión de Ezeiza, se sentía feliz solo porque lo hubieran escuchado. Hasta entonces, lo único que había recibido del entorno académico y laboral era miradas suspicaces. De algunos con menos tacto que otros había escuchado siempre las mismas preguntas, que conectaban las palabras "Richter", "estafa", "chanta", "corrupción", "todos arreglados"...

—Usted comprenderá que es imperativo que esta institución dé señales de buena conducta científica cuanto antes. El trabajo que le propongo espera su máximo compromiso.

Asintió, como un héroe al asumir una misión de riesgo, sacando pecho y tirando los hombros hacia atrás. Esta era la oportunidad que esperaba, el rol le quedaría a la perfección y su ansia –su urgencia– de volver a ser quien era, en todos los sentidos, se calmaría.

—Hace un par de meses hemos dado con el primer radioisótopo argentino: el hierro61. Ahora tenemos estipulado un plan de acción con vistas a presentar los radioisótopos emergentes en la próxima Conferencia de Ginebra. Eso nos pondrá en la escena mundial como es debido. Este es un tema que está siendo impulsado por Naciones Unidas y por Eisenhower. Más que un avance científico, se trata de un posicionamiento geopolítico.

Acababa de delinear una trama absolutamente cautivadora para Torcuato.

—Capitán, pondré toda mi física al servicio de esta noble tarea —dijo, convencido de que *mi física* era de las pocas cosas inalienables de las que podía disponer.

Apenas dejó la oficina, todavía un poco emocionado con la propuesta, corrió al baño. Por el camino se cruzó con gente conocida a la que no miró. Un paso en falso y era escándalo asegurado. Como un autómata, entró al baño, se bajó cinturón-pantalón-calzón en bloque y se sentó. La primera descarga fue explosiva y cuando terminó tiró la cadena por cortesía en caso de que alguien se aventurara al baño, aun con los estruendos que se oían. Permaneció sentado esperando más descargas. Mientras tanto, pensaba que tenía que encontrar la forma elegante de salir de la vida de Beláusteguy. Y lo tenía que hacer pronto, de lo contrario, si bien frecuentaban círculos sociales distintos, corría el riesgo de que siguieran reconociendo el cuerpo que había tomado y que ya le era tan propio que acusaba recibo de lo que le pasaba *a él.*

SEIS

Cuando por la tarde regresó a la casa de la avenida Alvear, Inocencia lo recibió con un reproche: "¿Por dónde anduvo todo el día que no ha pasado ni un minuto por aquí? ¿Se ha olvidado de que los miércoles viene el instructor de esgrima?". Inmediatamente pensó en su afortunada ausencia. Inocencia siguió dictándole la agenda: "El señor no come esta noche acá, ¿verdad? Hoy se encuentra con sus amigos en Costa Norte…". No le quedó otra que obedecer. Y averiguar qué era Costa Norte. Por otro lado, un poco lo inquietaba que Inocencia le marcara los pasos de esa manera. Parecía comportarse como una aliada incondicional. El punto era ¿incondicional con quién?

Torcuato sintió que las piernas le pesaban más de lo normal mientras subía las escaleras rumbo a su cuarto. Le pesaba el día, le pesaba la necesidad de estar haciendo un plan de contingencia tras otro y, sobre todo, le pesaba su propia muerte.

Se echó en la cama para olvidarse un rato de sí mismo; pero los pensamientos, el enjambre de avispas africanas, no lo dejaban. Buscó algún lugar en donde pudiera relajar la vista, cualquier punto a una distancia media en la que sintiera que sus ojos perdían tensión y de tanto soltar viera doble. En cambio, dio con un auto a escala. Era una Bugatti T35 de unos cuarenta centímetros de largo que ocupaba un lugar bastante protagónico en una biblioteca Thompson. Ese color entre azul y celeste, y las llantas *avant-garde* lo llevaron en un vuelo sin escalas a su infancia. Córdoba, año 1926, carrera de La Tablada. Tenía once años y había ido en bici hasta la recta Martinoli para ver pasar los autos lanzados a toda velocidad. La Sportiva Audax había promocionado el evento unos días antes y a Torcuato le había quedado claro que no se lo podía perder: en toda América Latina no había competencias que desarrollaran tales velocidades. Estaba listo para presenciar un milagro de la tecnología, un prodigio de la física, el futuro hecho presente. El público se había reunido según los gustos alrededor de puestos de comida que estaban en lugares estratégicos de retomes o máxima aceleración. Torcuato estaba sentado bajo la sombra de un lapacho, esperando a los autos norteamericanos, que siempre ganaban. Pero aquel fue el año bisagra, el año en el que la belleza y la liviandad de las Bugatti enamoraron a mecánicos, pilotos, público y podio. En ese orden.

La carrera la ganó el rengo Ernesto Bossola, mecánico y piloto de Horacio Ferreyra. Bossola había logrado el demencial promedio de 144 km/h por más de cuatro horas de carrera, algo que todavía sonaba en los oídos de Torcuato. También recordaba a Bossola minutos después de terminar la carrera, completamente engrasado, comiendo una pata de cordero con la mano. Era una imagen tan épica como la que luego contaba sobre la renguera que se había traído de la Revolución Mexicana.

Se quedó dormido recordando cada detalle de esa carrera, repitiendo las imágenes que más placer le daban. Torcuato soñó que corría por un campito, luego saltaba, y, batiendo los brazos, podía elevarse y volar. Era liviano y ágil. Dominaba su cuerpo en el espacio, llevándolo hacia mayor y menor altura a voluntad. Podía girar, caer en picada y luego, con tan solo algunos aleteos, volver a ganar altitud. Sobrevolaba Alta Gracia. Veía el Tajamar, el arroyo Los Paredones y el faldeo verde hacia las Sierras Chicas; se le había antojado soñarlo en época de lluvia, colmado de diminutos arroyos y bañados medianos. Entre la geometría irregular de los cuadros de los campos, sembrados y por sembrar, que iban del amarillo al verde profundo, y el terreno ondulado sin delimitar, estaba la ciudad. Vio las pircas marcando el terreno con una parsimonia ancestral. Los espinillos, los aguados, el reflejo del sol en la mica. Vio los patios de tierra y piedra. Flotó unos instantes por encima de su casa y alcanzó a ver a su madre: joven, tendiendo la ropa, sana.

—Señor Beláusteguy, le traje... Ah, perdón, no sabía que estaba descansando...

Torcuato se sobresaltó en la cama, la ansiedad lo recorría y se anticipaba a toda respuesta. Cuando notó que era Inocencia la que lo miraba, se acordó de que luego tendría que ir a un lugar que no tenía idea de dónde quedaba. Calculó que era mejor preguntarle directamente, porque intuía que Inocencia lo ayudaba sin vueltas. La mujer lo miró perpleja: ¿desde cuándo Beláusteguy la consultaba? Sin embargo, pareció sentirse halagada y, sobre todo, muy a gusto con poder dar indicaciones. Se acomodó el pelo entrecano y, con más gesticulación de lo necesario, se lo explicó. Hubiera sido atinado que Inocencia lo viera antes de partir a la *boîte*, ya que lo habría prevenido sobre los "miércoles de *smoking*". En cambio, Torcuato concluyó que un tipo como Charlie seguramente iría con su extravagante estilo deportivo a todos lados.

El portero de Costa Norte lo miró extrañado y tardó unos segundos hasta poder decir a viva voz: "¡Don Beláusteguy! ¡Usted no termina de imponer una moda que ya está con otra!".

La *boîte* no era precisamente lo que Torcuato imaginaba o lo que él conocía. Los hermanos Lata Liste habían innovado con *livings* que invitaban a distenderse, en lugar de las clásicas mesas con lámparas pequeñas. La luz había sido dosificada candela a candela para que la oscuridad fuera la protagonista. En el escenario, Oscar Alemán tocaba la guitarra con absoluta maestría. Interpretaba junto con su banda "La vida con swing".

Estaba todavía sin poder parpadear, en trance, observando el esplendor que el lugar emanaba, cuando divisó unos brazos que le hacían señas. Los amigos de Charlie, un grupo tumultuoso y exaltado, lo esperaban en el *living* que tenía la mejor ubicación. Palmeó y lo palmearon en la espalda una cantidad de desconocidos que estaban felices de verlo. Se sintió un gladiador regresando de la arena, de luchar con un león. Enseguida se dio cuenta de que, si venía de luchar con un león, ahora le tocaba un combate con las hienas; cada amigo le hablaba de un tema distinto que evidentemente retomaban de una conversación anterior de la que –claro– Torcuato no tenía idea. La música los envolvía a decibeles convenientes para cortar cualquier diálogo. El grupo estaba compuesto por hombres de distintas edades –entre veinte y cuarenta años– vestidos de *smoking*, con el pelo ligeramente largo y peinado hacia atrás –algunos pocos con raya al costado–, bastantes bigotes –ninguno tan finito como el que tenía que mantener Torcuato para seguir pareciéndose a Charlie– y algunos de esos bigotes, con restos de cocaína. Torcuato pronto comprendió que a la mayoría de las preguntas las podía contestar con un "fenómeno", "regio", y menos veces con un "macanudo". Si dudaba sobre lo que se esperaba de su respuesta, en cuanto a que algo le tuviera que parecer bueno o malo, contestaba "una barbaridad". Torcuato esa noche descubrió una cantidad de respuestas ambivalentes que atesoró.

Bastaba con cabecear levemente al mozo para que apareciera de inmediato una botella de *whisky* importado –que sabe Dios cómo entraría al país– en la mesa. Sospechó que esas mujeres de hombros descubiertos y pechos puntiagudos no eran las novias ni las esposas de los presentes en la mesa. Desde ya que Concepción no estaba ahí, y en su lugar había dos mujeres de poco más de veinte años sentadas permanentemente a su lado.

Por suerte para Torcuato, la noche se trataba más de emborracharse, bailar y aturdirse que de conversar. Los pocos diálogos que pudo mantener fueron cortados, incómodos y no dudó en usar la repregunta para salir de los lugares difíciles. Nada de lo que Torcuato hubiera podido hablar se tocó en esas conversaciones. La brecha entre Charlie y Torcuato parecía agrandarse minuto a minuto.

—Charlie: ¿vas a hacer como el año pasado con el Carlos Pellegrini, que te lo cobraste vos solo? Más vale que este año haya algún datito para tus amigos… —dijo un hombre con cara angulosa y orejas pequeñas.

Torcuato a duras penas podía presumir que estaban hablando del gran premio de San Isidro. De ahí en más, un precipicio de desconocimiento sobre el mundo del turf.

—Ya te lo voy a decir, no seas ansioso, pasa que no quiero que se enteren las chicas y me dejen —largó, más confiado de lo que se sentía, mientras abrazaba a ambas.

Las veinteañeras festejaban cada comentario. Doris tenía pelo castaño, piel blanquísima, los labios demasiado pintados y un vestido prácticamente translúcido. Nora era flaca como Doris, aunque un poco más atlética en su contextura. Tenía la piel olivácea, de esas que en invierno son una penuria y en verano la gloria misma. Se notaba que Nora constantemente buscaba la mirada de Doris, necesitaba su aprobación. Torcuato se preguntaba qué era lo que tenía que hacer con ellas, y como no podía responder esa, como tampoco otras muchas cosas, optó por un plan alternativo: liquidar la botella de Vat 69.

—Charlie, al club hay que fundarlo lo antes posible —le dijo uno que estaba demasiado almidonado y sostenía un puro de calibre obsceno en la mano derecha.

—Sin dudas, lo antes posible.

—El riesgo en este contexto político es enorme. ¿Hablaste con el tipo que me dijiste?

—No, todavía, no. Está de viaje.

—¿De viaje? Qué hijo de puta, con la madre así enferma y de viaje.

A Torcuato no le salían todas las gambetas. A veces salían así, un poco al borde, derrapando, como esa respuesta. Se consolaba pensando que, antes de que se descubriese la fabulación, él estaría viviendo su vida, de vuelta a sus sabores, sus rituales, su manera de hacer y deshacer. Otra vez en su vida, qué gran plan, cuánta nostalgia le daba pensarlo, una vida que no quedaba nada lejos en cuestión de kilómetros, pero sí en tantas otras cuestiones. Quedaba a años luz de lo que hacían en sus cocinas, de lo que hablaban con sus amigos, de lo que leían, de lo que no leían, de lo que comían, de lo que guardaban, de lo que tiraban, de lo que les importaba, de lo que no les importaba, de lo que odiaban –sobre todo lo que odiaban– y de lo que amaban hacer. En qué gastaban su plata, en qué la ahorraban, con qué amarreteaban, con qué soñaban, cuáles eran sus máximos placeres, con qué prejuicios andaban, a qué le tenían miedo. Sentía urgencia por volver al calor de esa vidita querida.

El jolgorio de la noche dio paso a una vuelta a casa serpenteante con Nora y Doris en la *coupé.* Cuando llegaron, Torcuato alternaba pasos erráticos con pedidos de silencio. Un paso por acá, otro por allá, se daba vuelta hacia ellas, se inclinaba un poco y profería un estruendoso *¡sssshhhhh!* Las chicas se morían de risa de verlo a Charlie en ese estado, haciendo esa pequeña escena cómica, como si de verdad fuera un problema volver a casa con dos mujeres de la *boîte.* Lo que a Torcuato le preocupaba sobre cómo proceder con aquellas dos mujeres se fue disipando, primero con el *whisky,* que lo despersonalizó más de lo que ya estaba por otras causas; y luego al ver la proactividad de dos profesionales en acción.

A las mujeres se les habían achinado los ojos y tenían una mueca rara en los labios. Conocían ese cuarto tan bien como el arte de desvestirse coreográficamente. Nora le sirvió *whisky* a Doris, y ambas se metieron desnudas en la cama de Torcuato. Él se entregó, esta vez sin dudas.

—Señor Beláusteguy, despiértese, se le va a hacer tarde para el golf de los jueves —Inocencia corría con esfuerzo las cortinas de pana y la luz entraba a borbotones en su cuarto—; además, con lo que se demora llegar al Golf del Jockey —continuó la mujer mientras preparaba la ropa adecuada.

Torcuato recordó que un par de horas antes Doris y Nora estaban desnudas en su cama; miró hacia un lado y otro en busca de rastros y se desesperó al ver que no había ropa, zapatos, carteras, abrigos, vasos de *whisky*, nada. Trató de aclarar su mente para recordar mejor, para juntar detalles y pruebas que le aseguraran que las dos mujeres eran reales, que habían vuelto con él y que habían pasado esas horas lúbricas los tres. ¿O era un engaño? Eran dos fantasmas enviados. Enviados por los de la burocracia. Enviados por su cabeza, que parecía no tener tregua. ¿Era este el proceso franco e inexorable hacia la insensatez? Sintió que ya no tenía control sobre nada en su vida, ni siquiera sobre el claustro más íntimo y preciado. Ya no podía confiar en su razón, debía prescindir de ella, se dijo. Actuaría como un animal, por intuición. *La intuición es inalienable*, pensó, *eso no me lo van a poder sacar, la intuición será mi refugio.* De todos modos, saltó de la cama al acecho de evidencia. Si tenía que opinar sobre lo que había pasado en ese cuarto, diría que había sido real y que no le daba el piné para imaginar tanto.

—De eso ya me encargué yo más temprano —dijo Inocencia, tomó la ropa tirada en el piso y bajó a preparar el desayuno.

SIETE

En primavera el zorzal arranca a cantar temprano, como a las cuatro o cinco de la mañana. Hincha el pecho y va largando las notas según la desesperación. En septiembre las larga despacito, melodioso, invita a la hembra a que armen juntos un nido prolijo, la llama con dulzura a poner dos o tres huevos verdosos con manchas pardas; le dice que le va a llevar las lombrices más ricas, las más gordas, que va a hacer el *shuttle* de alimentos más eficiente que se haya visto y que los pichones serán hermosos. Si para octubre no pasó nada, la empieza a llamar con desesperación, entonces el canto se pone más chillón, más demandante y le dice que no va a encontrar otro así, que más vale agarre este, que ya va a querer estar con él cuando sea tarde, que no sea sonsa. Noviembre es crítico; si en noviembre ninguna agarró viaje, el canto es no solo de una urgencia y una desesperación escalofriantes, sino que además ya está un poco desorientado y canta a cualquier hora del día, a veces pierde el ritmo y se convierte en algo realmente penoso; la súplica se convierte en amenaza y le exige en una canción a grito pelado, con toda la furia de su garganta, que de una vez por todas se dé por aludida y acuda a su encuentro, pájara del demonio.

A Torcuato las aves le despertaban curiosidad y cada tanto se sorprendía a sí mismo absorto en plena observación, tratando de adivinar sus intenciones. En Córdoba contemplaba mirlos, lechucitas, ratoneras y, si tenía suerte en alguna salida a las altas cumbres, podía llegar a encontrarse con el vuelo inmóvil de un cóndor.

En Bariloche veía tantos pájaros nuevos para él que decidió dibujarlos en un cuaderno de campo. La gente del lugar ya le había comentado algunos nombres, sumado a lo que Ana Laura había conseguido en la biblioteca de la escuela. Pero la idea era poder mostrarle el cuaderno a alguien que entendiera sobre el tema y así lograr una guía de identificación de aves.

Las bandurrias le llamaban la atención porque parecían venidas de tiempos remotos. A dinosaurios, a los volcanes de la zona prendiéndose y apagándose, a glaciaciones, a eso se parecían las bandurrias. Los colores netos, el pico prominente y curvo, el graznido nasal y el porte componían el personaje de estas aves. Siempre andaban en yunta, como tantas otras aves. La idea de yunta, la idea de encontrar a alguien con quien recorrer el camino: Ana Laura significaba eso; pero solo en parte. Ella estaba haciendo planes para llegar a ser directora y luego inspectora. Él había estado tan metido en Huemul que la relación entre ellos no había logrado pasar de promesa. *Lo mejor está por venir*, se juraba Torcuato, sin atender demasiado a la realidad. Pensaba que eran complementarios y que iban a la par, en fase, entonces todo lo demás se daría solo, sin necesidad de hacer nada más.

Era noviembre en Buenos Aires y al desasosiego del zorzal se sumaba el chirrido novato de los pichones de benteveo y, cada tanto, la exaltación de una pareja de horneros que quién sabe qué estarían discutiendo esos dos en la puerta de su casa de barro. Nada de esto suponía algo agradable para Torcuato ahora que se movía en la agitada vida de Charlie y pagaba con dolor de cabeza el Vat 69 de la noche anterior. Los pájaros eran ahora monstruos hechos de alaridos empecinados en no dejarlo pensar con claridad.

—Inocencia, no me ha dejado bien la salida de anoche. Estoy algo aturdido y no recuerdo con exactitud la agenda de hoy.

En las ecuaciones hay términos que pueden anularse entre sí; a Inocencia también le pasaba eso: tenía la percepción necesaria para darse cuenta de que ese hombre allí parado era un impostor y a su vez el poder de negación suficiente para barrer esa información debajo de la alfombra. O tal vez no era negación sino instinto de supervivencia.

—Lo mejor será que llame a la señorita Amanda, señor. Yo solo conozco su agenda social y deportiva, pero lo demás lo va a tener que consultar con ella.

Inocencia llevaba sábanas almidonadas en una bandeja para terminar de arreglar el cuarto principal. Torcuato, que intentaba salir de los lugares incómodos como podía, le dijo a Inocencia que quería tocar esas sábanas. A ella le pareció extraño y por las dudas le señaló que eran para la cama de él.

—Sí, por supuesto. Pero sabe qué, póngale menos almidón, están muy duras. Apenas me meto en la cama parecen de cartón. ¿Sabe cuándo están mejor? Cuando están revueltas, a la mañana, y ya es hora de levantarse. Qué ironía, ¿no?

Torcuato no pensaba confesarle nada a Inocencia. Le parecía precipitado y no la conocía tanto como para confiarle semejante delirio en el que estaba envuelto. De manera que después de decir eso le sonrió y confió en que había salido muy bien del paso.

Inocencia no precisaba que le confiaran nada tampoco. Ella era, a su manera, ama y señora de esa casa y por nada renunciaría a ese estatus, su estatus, su posición en la casa. Menos aún por cuestiones que no le interesaba indagar.

—Cómo no, señor.

Inocencia volvió sobre sus pasos, seguramente a enjuagar las sábanas. Torcuato quedó quieto en el pasillo viéndola ir. Sintió que por momentos ya no era él. Caminó hacia un *dressoir* que tenía un espejo sobre él. Lejos de ser el antídoto para lo que sentía, fue como echar nafta al fuego. Ese rostro parecido al suyo pero cortado con más filo, el cuerpo desplegado –como sutilmente inflado– y el pelo domado a gomina se interponían en el recuerdo de su imagen. Se daba cuenta de que ese tipo de situaciones lo ponían al borde del abismo, por lo que no tardó en sacar la vista del espejo y enseguida pensar el próximo paso. Ese era el antídoto: pensar los pasos para volver a su vida.

El escritorio de Charlie, como una verdad revelada, apareció en su mente. Allí encontraría todo para poder manejarse mejor durante la transición. Seguramente habría agenda, anotaciones, direcciones, intereses, cartas, fotos, minutas; en fin, todo lo que necesitaba saber.

Buscando el escritorio terminó de conocer la casa; sólo le quedó el área de servicio sin visitar. Incluso encontró un cuarto dedicado a atesorar una colección de trenes, con sus vías, estaciones, puentes y playones de maniobra. Se detuvo a observar algunos cuadros, aunque no conociera a la mayoría de los artistas. También encontró una bendición papal de Pío XII y una foto del padre de Charlie con el príncipe Eduardo de Inglaterra durante una convención de filatelia.

Para cuando entró al escritorio, Torcuato estaba tranquilo y dispuesto a hacer una exhaustiva investigación sobre la vida de Carlos Hilario Beláusteguy.

Comenzó por lo inmediato, por lo que había sobre el escritorio y en los cajones. Había invitaciones de todo tipo, color y forma a eventos culturales, *boîtes*, reuniones de directorio y comisiones de disciplina de clubes, y *brochures* turísticos en ultramar.

Los detalles más urgentes se encontraban en los membretes: Beláusteguy SRL, Avenida del Libertador 2730, 4° piso.

—Permiso, señor, le dejo la correspondencia de hoy —interrumpió Inocencia.

Una carta del Jockey Club, otra de una carrera de mil kilómetros a desarrollarse en Buenos Aires y la tercera de la Sociedad Rural. Torcuato solo podía ver un aluvión social al que difícilmente podría sobrevivir.

—Inocencia, no habrá tomado a mal lo de las sábanas, ¿verdad?

Inocencia tardó unos segundos en reaccionar.

—Para nada, señor. A mí siempre me parecieron duras las sábanas almidonadas. El cuerpo cambia y pide otras cosas.

Torcuato tardó unos segundos en reaccionar.

—No me espere a comer esta noche, porque seguro vuelvo tarde. Déjeme algo en la mesada.

De camino a la oficina vio el lapacho en flor de Figueroa Alcorta y Ramón Castilla. Estaba apretado entre asfalto, paredes y rejas. Aun así, era todo lo hermoso que podía ser.

Ingresar al edificio fue fácil porque venía en el auto de Charlie y pudo dejarlo en el playón de entrada. A medida que se acercaba a la oficina, el cuerpo le avisaba por todos lados el estrés que sentía: apretaba los dientes y los puños, comenzaban la taquicardia y los calambres en la panza. Para Torcuato todo esto era ajeno a los demás. Estaba convencido de que no se le notaba, como si su epidermis fuera tan gruesa como para hacer rebotar todo lo que de adentro venía.

Recorrió el pasillo hasta dar con su oficina. Era ese tipo de lugares que ha tenido su esplendor durante algún tiempo pero que poco a poco fue perdiendo el brillo. Tenía molduras laboriosas y *boiserie* ornamentada. Los ventanales estilo francés bombeaban luz a granel hacia el interior. En las salas importantes colgaban *chandeliers* de bronce. Las alfombras estaban un poco raídas y la pintura de las aberturas, algo agrietada. Había algunos cuadros de marcos grandes, pero no parecían particularmente valiosos. Tal vez lo más moderno y reluciente era la vitrina de trofeos. Recordó que un amigo le había dicho que en la época dorada del turf, fines del siglo diecinueve y principios del siglo veinte, ninguna obra de arte en la Argentina superaba el valor de un purasangre ganador en Palermo.

Torcuato calculó que lo habitual sería saludar a todos de lejos, menos a la secretaria. Eso seguramente sería lo que debía hacer. Algunos administrativos casi se cuadraron cuando él pasó y eso le hizo un poco de gracia.

—Buen día, Amanda, ¿qué novedades tiene para mí?

La mujer lo miró y tardó en arrancar con la agenda. Algo le resultaba extraño, pero no podía puntualizar qué.

En el diálogo que mantuvo con ella pudo hacerse de dos datos importantes: que tenía que ir a Pergamino a firmar los balances y que tenía clase de golf.

—Su madre llamó para avisar que ella y Concepción llegaron bien a la estancia.

—Amanda, por favor, suspenda mis clases de golf y de esgrima hasta nuevo aviso.

El escritorio tenía una ventana muy alta que daba a Libertador. Se podían ver las tipas, en fuga hacia el naranja, que escupían a los transeúntes. No había nada que informara sobre el trabajo de Charlie. Por el contrario, era un lugar repleto de vacío. Un lugar de paso, aunque paradójicamente simbólico. Por todos lados se leía "este es el jefe". Incluso en la *chaise longue* con almohadones, en la que Charlie seguramente se habría dormido unas buenas siestas.

En el poco tiempo que llevaba de ser Charlie, Torcuato había notado que no necesitaba dar demasiadas explicaciones. Por el contrario, las explicaciones se las daban a él. La imagen en espejo de la vida de Torcuato: para ir a Pergamino debía montar un plan y dar explicaciones a no menos de cuatro personas. Torcuato no estaba ni cerca de poder tener una vida sin tener que dar explicaciones; de hecho, empezó a pensar que el mundo se dividía entre los que tenían que dar explicaciones y los que no. De manera que empezó a disfrutar de esta condición de la vida de Charlie.

Al día siguiente, por la Ruta 8, Torcuato seguía pensando si le habían creído el cuento de la enfermedad en la Comisión. A Ana Laura le había despachado una nueva carta contándole cosas de lo más absurdas.

Por un rato disfrutó de la sensación de manejar en la ruta atravesando los campos amarillos de trigo. Tenía la ventanilla de su lado abierta, la camisa arremangada y el volante tomado con una sola mano. El viento en la cara le disipaba las náuseas, que iban y venían. El ruido del motor le regalaba un sonido ondulante, hipnótico. Quería quedarse ahí, en ese estado en que nada puede ser mejor que la sensación de sentirse acunado y a la vez en movimiento, la expectativa lejana mezclada con un sopor dulce. Pero los pensamientos insistían en colarse. Entonces aparecía la madre de Charlie. No tenía una sola referencia sobre esa mujer y sabía que estaba yendo a ciegas a un encuentro importante. La madre y la novia de Charlie juntas: se veía a sí mismo prendiéndose fuego en una hoguera. Pero también aparecían otras imágenes. Se metía sin pedir permiso su propia madre en las escenas. Primero estaba sonriente, la piel lozana y el brillo que tenía en los ojos cuando lo miraba a él. La mirada de su madre era todo. Los recuerdos más uterinos desfilaron sin pudor frente a él; hasta el olor de su piel después de haber estado haciendo la huerta al sol. Luego vinieron las memorias sombrías, las que no se permitía. Su madre en la cama, el pelo ralo y la mirada de ceniza.

Se preguntó si todos los hijos pensaban a sus madres de manera parecida. Cómo sería Charlie con su madre. Torcuato sintió, por un instante, que ir viajando por la ruta a encontrarse con una madre se parecía mucho a la felicidad. Tenía expectativas, y al mismo tiempo una ambivalencia que lo estaba empezando a descompensar. Sentía todo junto:

ansiedad, nostalgia, alegría y tristeza. Una espiral de sensaciones que lo tironeaban hacia un lugar oscuro; no podía terminar bien. Trató de no pensar en eso por un rato y se obligó a atender otros asuntos. Pero el desasosiego mandaba pulsos a la conciencia, se revolvía en lo profundo. Una bolsa de agua caliente enganchada en un palo de escoba llevada de la cocina a su cama, unas tortas fritas chillando en el aceite en un día de lluvia, una sonrisa en un acto patrio; pero también la manera de evitar que se fuera lejos, que tuviera una vida distinta, que se expusiera a un mundo enorme. Así son las madres, fabulosas para poner un techo: de cobijo, de ternura, de calidez; pero también el otro techo, el que no deja crecer. Porque los machucones y las decepciones de los hijos duelen más. A Torcuato el pueblo le quedaba enano, y para hacerle frente a la resistencia, para perforar ese techo, rompió con todo. Tanto así que la muerte de su madre lo sorprendió a cientos de kilómetros reales y metafóricos de ella. Recordarla enferma era solo reconstruir el relato de quienes habían estado a su lado.

Pasó Arrecifes, le transpiraban las manos y la frente. El cuello tenso, los músculos de la cara apretados. Otra vez le faltaba el aire. Sacó un poco la cabeza por la ventanilla, pero no fue suficiente. El pecho se le cerraba y no estaba seguro de si sentía mucho frío o mucho calor. Las sensaciones placenteras se habían evaporado y habían dado paso a las tribulaciones. Tuvo que parar el auto al costado de la ruta. Salió y apoyó las dos manos en el capot, luego se tomó de él con fuerza, tratando de que las costillas se abrieran y le entrara mejor el aire a los pulmones. Transpiraba y jadeaba. Intentó mantener la respiración por la nariz, pero luego optó por la boca, abrió la boca como un gran tubo y por ahí se esforzaba en meter todo el aire que pudiera; no le alcanzaba. Al costado, las vacas lo miraban, comían llevando la mandíbula de un lado para el otro, mirándolo con los párpados entornados, aburridas, con esa cara de brutas que tienen las vacas y con ese flequillo estúpido. Trató de pensar en la vida de esas vacas mientras sacaba panza para que entrara más aire. Se las imaginó pastando todo el día, yendo a la bebida, deambulando en la noche cerrada. Sacó el aire, todo el aire, hasta que no quedó nada, para que entrara todo el aire de nuevo, lleno de oxígeno. Pensó en el toro que se las montaba y en el parto.

También pensó que pensar en las vacas no lo estaba ayudando en nada. Recordó con asco haber visto una vaca comer la placenta fresca, gelatinosa, como si fuera un disco de carne untado con mermelada. Intentó respirar más rápido. Escuchó los terneros de esas vacas, era época de destete; día y noche llamándolas. Respiraba rápido porque no le quedaba otra, porque algo en su interior estaba desatado, como una manguera que se desconecta y todo lo que por allí fluye sale a los chicotazos. Era una represa a punto de romperse. Pensó en su madre. Pensó en la madre de Charlie. Y cayó tendido al costado del camino, donde crecen las   totoras   que   disimulan   los   bañados.

OCHO

No pudo calcular el tiempo. Debe de haber sido menos de una hora lo que estuvo ahí tendido. En ese rato de atardecer, los bichos se habían ensañado con él y quizá por eso había recuperado la conciencia. Las vacas se habían alejado hacia una zona con menos bañados y más pasto. Ahora veía el movimiento cansino de sus colas hacia un lado y hacia el otro.

Cada vez que estaba en la transición entre el sueño y la vigilia no sabía bien quién era ni dónde estaba ni en qué año vivía. *Por qué estoy, cómo llegué acá, qué es esto*, se preguntaba con una angustia que lo recorría de cabo a rabo. Luego se calmaba, se contaba a sí mismo sus últimos días, haciéndolo de manera de convencerse. Se lo contaba como si todo fuese perfectamente lógico, como siguiendo unos pasos que de modo inexorable lo depositaban en un lugar seguro. Porque, de lo contrario, tenía miedo de quedarse en ese limbo de la conciencia. Atrapado allí sin certezas sobre su existencia, boyando en un mar oscuro de olvido.

Se incorporó y miró el campo durante algún tiempo; se llegaba a ver el horizonte y el sol viniéndose en picada. Todavía no había pasado una semana desde el accidente y él estaba a pleno en la vida de otro, usurpando su cuerpo y atendiendo su vida social; sufriéndola, la mayor parte del tiempo.

Torcuato retomó la escena a fuerza de voluntad y encaró la parte final del viaje. Quería llegar antes de que anocheciera, porque temía no encontrar la entrada al campo. No se imaginó que se trataba de un portal de piedra gris y rejas de hierro negro labradas, enmarcado por un bulevar de eucaliptos que había sido testigo de varias generaciones de Beláusteguy. Tallado en una piedra sobre la derecha de la entrada decía "El Ojo de Agua".

El casco estaba en el corazón de la estancia, a unos veinte kilómetros de la entrada. A medida que avanzaba por el camino polvoriento se iban sucediendo cuadros de sembrados y cuadros de hacienda. Cruzó algunos arroyos que traían bastante agua. Antes de entrar en el casco, el camino se metía en un cañaveral denso, con cañas de hasta cinco metros. Luego, un monte de arbolitos apretados y finalmente se abría un claro en el que se veía la casa completa.

Salieron unos perros a ladrarle y pensó qué tan buenos serían ellos para descubrir un cuerpo tomado. Llegar en el auto de Charlie y usar sus olores ayudaría. En ese sentido, le preocupaban más los gatos, que seguramente habría también. Pero los que venían ahora como un corso furioso eran perros. Cuatro perros: tres grandes y uno chico. El chico parecía el más corajudo y atrevido. Cada ladrido hacía que todo el cuerpo se le moviera, no tenía partes, era una sola cosa animada cuya pata izquierda no podía desentenderse de lo que le pasaba a su mano derecha, ni sus orejas de sus uñas, ni su quijada de sus pelos. También había un *chubucero* bastante lanudo; ese parecía el más vago. Los otros dos eran de raza. No supo identificar cuál, pero eran atléticos y bien formados.

Los miró a los ojos, improvisó unos saludos bien paisanos que le salieron con poca gracia y los perros empezaron a mover la cola.

Solo los perros habían salido a su encuentro. A Torcuato le resultó extraño; cuando él llegaba a Alta Gracia salían los perros, su madre y cualquiera que estuviera en la casa en ese momento. Acá probablemente sería algo más del tipo de interrumpir una escena y saludarse con mesura.

Torcuato dio una vuelta a la casa antes de entrar. Un poco para intentar relajarse, estirar las piernas, tomar aire, no presentarse con cara de mesa de examen, pero también para comprender la distribución del casco. Era de noche y había luna llena; esa luz azul le alcanzaba para lo que quería ver.

La casa era colonial, con forma de herradura y patio central. En su mayor parte estaba cubierta por enredaderas. Tenía una galería ancha que daba hacia el Este, donde estaba la puerta principal, que jamás se usaba y se notaba por el camino estrecho que habían dejado unos arbustos que necesitaban ser podados. Había galerías que daban al patio interno que conformaban la única circulación de la casa. Los techos eran de teja española, viejísimos. El centro del patio estaba habitado por una higuera añosa, retorcida, llena de nudos y un poco esquelética: una reina del drama.

—Charlie, querido, ¿con qué te entretuviste, que llegás a esta hora?

La mujer era flaca y tenía el pelo blanco recogido. A su lado, Concepción se levantó del sillón y salió al encuentro de Torcuato. Ninguna de las dos parecía contenta.

Apenas lo dejaron lavarse las manos y la cara, porque ya se había hecho tarde para comer. Luego supo que para Teresa, la madre de Charlie, salirse de los horarios establecidos era motivo de horas de mala cara.

—¿Cuándo saldrá a remate el vestido Dior?

—¿Lo comprarías, Teresa?

—Por supuesto que no, Concepción, qué ideas. Solo quiero ser testigo del revuelo de buitres. Eso me gusta. ¿Vos lo comprarías?

—Me parece un vestido soñado, pero jamás me lo pondría. Sería como vestirse con una mortaja.

—Yo creo que tu padre sí lo compraría… Después de todo, tan mal no le fue al frigorífico con la finadita…

—El frigorífico es una de tantas inversiones, Teresa.

—Pero tu madre seguramente lo luciría mucho más que Eva.

—Mi madre jamás usaría ese vestido. Y lo sabés.

—Sí, claro, todavía debe de estar indignada con lo que le hizo al Patronato de la Infancia; pobres, los Anchorena, ¡qué atropello!

Torcuato observaba a las dos mujeres conversar y temía que se mordieran la lengua y murieran en el acto. Por alguna razón, la madre de Charlie no tenía gran simpatía por su potencial nuera. Por lo poco que las había escuchado hablar, Concepción tampoco hacía esfuerzo alguno por complacer a su eventual suegra. Las vio atrincherarse a cada una en su posición, como si fueran reinas de un ajedrez imaginario.

—Charlie, ¿vas a comer brócolis?

Torcuato quedó congelado con la pinza repleta de brócolis en la mano. Nunca antes había estado atento a las inflexiones de los tonos de voz, pero ahora lo hacía y con mucha avidez. Esta entonación de Teresa le sugería que Charlie no era amigo de las coles.

—Empecé una dieta de un americano que se llama Douglas. La dieta Douglas, sí. Se la dan a los marines para aumentar la energía en ultramar y aconseja, entre otras cosas, una ingesta de abundantes coles.

Teresa y Concepción quedaron desconcertadas. Por la expresión en sus caras, era la primera vez que le escuchaban a Charlie un argumento a favor de buenos hábitos de alimentación. Probablemente también a favor de la salud. La noche, el *whisky* y los puros eran su predicamento.

En adelante Torcuato solo hizo breves y obvias intervenciones en la conversación que Teresa y Concepción mantenían, que no podía catalogarse de hostil, pero tampoco como agradable. Al terminar, se acomodaron en el *living* para tomar una copa de brandy y seguir pasándola mal. A Torcuato la situación le parecía demencial: dos mujeres enfrentadas en una guerra fría cumplían con cada paso que una comida formal requería, sin intenciones de retroceder, rendirse o retirarse.

El hogar estaba encendido porque por la noche refrescaba un poco en esos días. También servía para sacar la humedad típica de esas casas. La luz palpitante del fuego dibujaba sombras sensuales en la cara de Concepción. Los labios, los pómulos, la frente se iban prendiendo y apagando alternadamente. Torcuato la observaba mientras ella hojeaba una revista de moda. No era la belleza a la que él estaba acostumbrado, era otro tipo de mujer. Tenía una gracia especial en los movimientos y en la manera en que la ropa le caía por el cuerpo. Tenía el pelo suelto, que le brillaba cada vez que el fuego así lo quería. Cerca de la medianoche, Teresa los saludó y se fue a su cuarto.

—Espero que hayas tomado nota sobre las dificultades de tu madre para aceptarte una novia. No creo que las de la *boîte* le vayan a caer mejor que yo —giró para mirarlo a los ojos y siguió—, pero ¿sabés qué?: a mí me quedan muchos más años de vida que a ella. Esa es la primera razón por la que me tiene sin cuidado toda la artillería que despliega.

Una vez más, Torcuato añoraba su pacífica vida termonuclear. La radiación era un juego de niños en comparación con una comida en lo de Beláusteguy.

—Dice Braga que mañana a la mañana vayas al taller en el pueblo, porque hay novedades de la carrera —dijo Concepción intentando soltar el tono—. ¿De qué carrera habla, Charlie? No me comentaste nada.

—De una muy secreta de la que yo mismo me voy a enterar mañana, cachorra.

—¿Cachorra? ¿De dónde sacaste eso?

—De ver cómo le mostrabas los dientes a mi madre mientras discutías.

Concepción se ablandó y se echó a reír a carcajadas por la ocurrencia y para liberar la tensión que tenía apelmazada en el cuello. Se acurrucó cerca de él y siguieron leyendo un rato más, cada uno en lo suyo, escuchando el crepitar de la leña en el fuego. Pero la cabeza de Torcuato no estaba ahí ni en la lectura ocasional que tenía entre sus manos. La noticia de la carrera seguía rebotando de un lado a otro de su conciencia. Algo más para atender, otra pelotita en el aire y ya había perdido la cuenta de la cantidad que eran. Maldijo la hora en que con Hugo habían elegido el cuerpo de Charlie para reencarnarse. Sintió que de vuelta se agitaba y su corazón empezaba a galopar. Se encerró en el baño para que Concepción no lo viera, porque seguramente iba a transpirar y jadear. Los ojos se le iban a poner duros y saltones, las venas del cuello ingurgitadas, la piel marmórea. Mientras atravesaba el segundo episodio del día, consideró huir. Liberarse de todo y escapar de la vida de Charlie. Comprar un pasaje en avión a Bariloche y desaparecer. Meter a Concepción, a Teresa, a Inocencia, a la esgrima, a Doris y a Nora, a Costa Norte, a Amanda en una bolsa, hacer un nudo y tirarla al río. Cuánto tiempo pasaría hasta que lo dejaran de buscar a Charlie. Podía pasar ese tiempo encerrado. Encerrado y pensando qué otra cosa hacer, porque a la Comisión no podría volver. Lo que no podía calcular, otra vez, era qué riesgo estaría asumiendo, a qué desorden de la burocracia de la muerte se enfrentaría en ese caso. Qué habría peor que la muerte. Ciertamente, existían los estados

peores   que   la   muerte.

NUEVE

Cada noche el sueño se lleva a la conciencia a un lugar desconocido, sin garantías de que la traiga de vuelta. El sueño exige apostar la conciencia, un precio altísimo, a cambio de descanso. Una ruleta rusa que se juega cada noche. Podría suceder que la conciencia decida no volver o que el sueño la secuestre para siempre. Podría suceder que la conciencia decida volver, pero cambiada, que venga una conciencia desconocida, o la misma pero marcada por algo; con algo que encontró hundido en los tejidos del cerebro o flotando en un ventrículo. El sueño es algo grave. La transición entre el sueño y la vigilia, como todas las transiciones, es un lugar de paso en el que hay que correr para adelante como un caballo ciego.

Para Torcuato esto se multiplicaba, se amplificaba en el temor a perder la cordura de una vez y para siempre. En cada despertar lo acechaba un monstruo que lo amenazaba con quedarse con todas sus coartadas y dejarlo perdido, a la buena de la cordura de los otros. La transición era puro riesgo. Despertar y no saber, solo no saber, por qué parte iba, qué mentiras diría ese día. Era confusión y caos que se repetía cada mañana; como esa, en el Ojo de Agua, con Concepción a su lado. Pasado ese minuto de desasosiego, recordó y se convenció de que se había despertado en la realidad y no en otro sueño. Aunque pareciera que entre los sueños había cien vasos comunicantes por los que pasaba sin poder detenerse. El perfume del cuerpo de Concepción le trajo las imágenes de la noche anterior. La miró mientras dormía; tenía una expresión llena de nada. La contrastó con la imagen de sus ojos encendidos, sus labios entreabiertos y el pelo que le caía por el cuello, los hombros y la espalda de hacía unas horas. Encendida era otra cosa, la verdad. También pensó en lo que habían charlado, lo incómodo que había sido. Esta vez, no solo por estar usando la vida de Charlie, sino también por lo que Concepción le reclamaba. Ella quería formalizar para tener hijos. A Torcuato le daba taquicardia algo así en su vida. Pero esto era decididamente algo peor. ¿Hijo de quién sería? ¿Del cuerpo o del que lo usaba? Por otro lado, su plan consistía en darse a la fuga de alguna manera en poco tiempo. ¿Sería capaz de dejar una mujer embarazada de un semihijo suyo?

Repasó una vez más los motivos por los que no se había ido ya. Era solo cuestión de irse de esa vida, de ese personaje y ya. Sin embargo, sabía que con la gente con la que había pactado su regreso al mundo de los vivos no se podía jugar. Seguro lo mandarían a recapturar y luego qué. Era necesario tener paciencia y actuar de acuerdo con el plan.

Prefirió levantarse sin hacer ruido para que Concepción no se despertara. No quería correr el riesgo de tener que expedirse sobre ningún otro tema.

En el comedor Teresa estaba desayunando café negro sin azúcar. La mañana no era el momento de comunicación de ella, porque apenas intercambió algunos gruñidos con Torcuato.

Lo que sí alcanzó a decirle fue:

—Hijo: en unos días va a Buenos Aires la sobrina de Alicia Cornejo, de Salta. Parece que es una chica regia. Le dije que la invitarías a tomar un café o algo así.

Torcuato no contestó. Adivinó en el gesto de la madre la intención y le pareció que podía no contestar. Torcuato siempre contestaba, pero Charlie seguro que no; eso hubiera hecho Charlie ante ese desplante. *El silencio puede ser una respuesta potente*, pensó; *el silencio puede ser más despreciativo que una mirada socarrona.* Además, seguro que la sobrina de Alicia Cornejo era un bodrio.

Encaró hacia la cocina con la esperanza de encontrar un análogo de Inocencia que lo orientara un poco. Al abrir la puerta vio a una mujer de espaldas que trabajaba sobre la mesada, concentrada en su tarea. Se llamaba Luisa y estaba esperando desde que Charlie había llegado que la saludara. La mujer le sonrió con dos dientes de menos y mucha emoción. No lo llamó "Charlie", sino "Carlitoh". Le prometió ñoquis para antes de que se fuera y lo mandó con Ceferino, que lo estaba esperando en la *pick-up* para ir al taller.

Luisa no se parecía a su madre, pero la distancia entre ella y su madre era mucho menor de la que existía con Teresa.

—Buenas, don Carlos, ¿cómo le va? —lo saludó Ceferino cuando Torcuato se subió a la *pick-up*—. Pasé donde el taller y estuve mirando el coche. Está quedando hermoso... ¡Lo que camina! Lo probaron en el asfalto ese que hace el retome para la ruta 26. Volaba.

Torcuato lo escuchaba sin perderse detalle.

—¿Ya se enteró lo de la Chúcara?

—No.

—Comió festuca y malparió.

—¿Y cómo está ella ahora?

—¿La Chúcara? Lo más bien. Ya vino el veterinario a verla y la pusimos con el otro lote de yeguas

—Menos mal...

Siguieron algunos kilómetros más dando saltos en la *pick-up*. Torcuato hizo fuerza para contener la mueca cuando volvió sobre el diálogo anterior: pensó que La Chúcara era la mujer de algún paisano.

—¿Y el Banquero?

—¿Qué banquero?

—El Banquero, don Carlos, el 282...

—...

—*Uiiiiii...* no puedo ni contarle. Ay, qué dolor. Madre mía, pobrecito. —Ceferino se retorcía en expresiones de lo más histriónicas hasta que finalmente dijo en tono grave—: Se quebró el miembro. ¡Ay!

—Qué desgracia. ¿Cómo fue?

—Montando al lote del cuadro ocho. Le entró con todo el peso a una vaquillona grande y no acertó. ¡Ay! Pobre animal.

Torcuato no se animó a indagar sobre las indicaciones que había dejado el veterinario.

—Don Carlos, ¿va a ir al remate de toros en la Sociedad de Pergamino?

—Probablemente.

—Cómo le gustaba a su padre. Qué cabaña. Nunca compraba menos de cinco toros. Uno campeón de la Rural de Buenos Aires, siempre. —Siguieron andando con el sonido de fondo de resortes y metales que se golpeaban entre sí—. Ya va a hacer un año que se fue.

Ceferino hizo un gesto de resignación y no volvió a hablar hasta que llegaron al pueblo.

El taller quedaba sobre un camino de tierra a unas cuatro cuadras de la ruta. Era un lugar alejado de las casas, con una enorme entrada de tierra que servía para poner los autos y trabajar más cómodamente. El taller en sí era un galpón de ladrillo y chapa, con cierto estilo inglés, en el que guardaban todo de noche y evidentemente quedaba chico.

Como siempre, los primeros en saludar fueron los perros, secundados por un gato. Luego apareció ese tal Braga, que era el dueño. No parecía ser alguien que se expresara demasiado.

El auto que estaban preparando para la carrera era una Ferrari 375 MM. Torcuato dejó de respirar cuando la vio. Eso que estaba ahí era el futuro de cuerpo presente. Nunca había visto algo así. Los autos que veía pasar por la recta Martinolli eran unas naves extraordinarias con forma de torpedo y mucha cilindrada. Pero esto era de otra categoría, una que él no sabía que existía. Le pareció que tenía forma de mujer, forma de delfín, de plato volador, de centaura, de viento, de ola, de gemido, de suspiro, de virtud.

Braga le comentó que la habían estado probando y que todavía hacía ese rateo cuando pasaba por las cuatro mil quinientas vueltas en cuarta. Habían desarmado los carburadores por segunda vez y seguían sin encontrar la falla.

—Mire, Charlie, le voy a ser sincero y espero lo tome a bien. Más allá de ese rateo, que ya lo vamos a descular, este auto está para podio —sin mirarlo continuó diciendo—, así que hay que ponerle mucha seriedad al tema de la elección del segundo piloto para los 1000 Km de Buenos Aires.

—Desde luego.

—Yo sé que usted tiene muchos amigos que andan muy bien, pero este auto, con estas condiciones, merece alguien más profesional, ¿me entiende? Es un aparato endiablado de trescientos cuarenta caballos.

—¿Tiene a alguien, Braga?

—Yo tengo un muchacho para recomendarle. No tiene nombre, porque todavía no se ha mostrado mucho. Pero usted sabe que yo, como teceísta viejo y mañero que soy, tengo buen ojo.

Torcuato usó una vez más el derecho a no contestar que ya se le estaba haciendo vicio.

Más tarde entraron al galpón a servirse un café. Ahí Torcuato empezó a entender un poco más qué hacía ese auto en las afueras de Pergamino. Braga era uno de los mejores preparadores del Turismo Carretera y, aparentemente, le había atendido a Charlie más de un auto para correr en esa categoría. Le pareció lógico que le confiara semejante máquina a este hombre.

Siguieron hablando sobre detalles técnicos del auto y algunas impresiones que había tenido Braga cuando lo manejó.

—A usted le va a dar la sensación, cuando lo pruebe, de que el auto quiere irse de cola. No le haga caso. Métale sin miedo, que esto va muy bien de verdad, es otra cosa y va a ir pegado al piso. Se va a tener que olvidar de cómo manejaba los otros autos. Eso sí, no deje de respetarlo, esto se maneja con otra cabeza.

A Torcuato la frase "esto se maneja con otra cabeza" lo impresionó. Interpretaba literalmente todas las frases, estaba obsesionado. La hora que había compartido con Braga se había relajado, se había dado permiso para ser Torcuato por un rato. El auto lo había hecho flotar a un metro del piso. Toda la conversación sobre mecánica y cómo manejarlo la había hecho propia. Pudo pensar desde Torcuato: qué les haría a los carburadores y por qué revisaría la bomba de nafta. Desde que había tomado el cuerpo de Charlie nunca se había sentido tan cómodo en una situación.

—En la semana me comunico con Amanda para arreglar una reunión con este muchacho.

—Macanudo, Braga. ¿Cómo se llama el muchacho?

—Torcuato Salas.

Torcuato sintió una pausa en su corazón. Parecía que no iba a arrancar más. Empezó a ver nublado y enseguida se desató la furia galopante de una taquicardia.

—¿Cómo dijo que se llama?

—Torcuato Salas.

Sin pronunciar una sola palabra, se dio media vuelta y encaró hacia la *pick-up*. Aquel nombre escuchado en la antesala del más allá volvía a su vida en menos de una semana. Ese error burocrático que lo había obligado a embarcarse en semejante aventura. ¿Qué quería decir esto? ¿Qué se suponía que tenía que hacer? ¿Matarlo? ¿Explicarle? ¿Vendría alguien a decirle qué tenía que hacer? ¿Cuál era la probabilidad de que esto fuera al azar? Pensó en crisantemos, en accidentes, en madres que lloran, en contratos, en Navidades, en perros de la calle, en una sobrina muerta, en mármol blanco, en agua que se pudre en un florero, en los chicos que lo empujaban y lo escupían en el recreo. Pensó que eran muchos pensamientos. Pensó que se descomponía y que con suerte se moriría. Otra vez, pero esta vez   queriendo.

DIEZ

—Señores: los radioisótopos no se van a descubrir solos. Los voy a presentar rápidamente y nos ponemos a trabajar en esta maravilla de sincrociclotrón que tenemos ahora. A mi derecha, el profesor Radicella, que va a estar colaborando en el equipo; ustedes ya lo conocen. También contamos con los doctores Baró y Flegenheimer, que tienen mucha experiencia con el acelerador Cockcroft-Walton. No dudo de que le tomaran la mano rápidamente a este aparato. Las doctoras Rodríguez y Nassif, y la licenciada Palcos también estarán colaborando. Profesor Solás: acérquese, que también quiero presentarlo al equipo de trabajo. Este hombre es nuestra incorporación más reciente. Viene de trabajar en el asunto de la Isla Huemul, que, como todos saben, se ha desactivado. Solás tiene un manejo holgado de aceleradores de partículas y ha estado trabajando en este campo durante los últimos cinco años, incluso en el exterior; creo que será alguien de mucho valor en las discusiones. Ya todos sabemos que la compra de este sincrociclotrón ha sido un hecho fortuito. No ha habido estudios de factibilidad ni cosa que se le parezca. Es el resultado de la insistencia de un príncipe holandés ante un general argentino. Aun así, estoy convencido de que no va a faltar mucho para que se hable del "Grupo de Buenos Aires". Estoy muy confiado en los resultados que podemos lograr.

El que pronunciaba estas palabras con acento teutónico era el profesor Seelmann-Eggebert. Hablaba exhortando a cada uno de los presentes. Su atención estaba enfocada en mostrar resultados en tiempo y forma. Este hombre había sido el último en ver a Torcuato Solás en su cuerpo original, durante aquella reunión en Palermo. Sin embargo, habría sido remota la posibilidad de que registrara el nuevo cuerpo con el que se presentaba esa mañana Torcuato. Desde su llegada a la Argentina, el profesor alemán estaba obsesionado con los radioisótopos y no mucho más que eso capturaba su interés.

La voz de Seelmann-Eggebert rebotaba contra azulejos, mesadas, lámparas colgantes, instrumental y piso de granito. El profesor subía y bajaba el tono como si estuviera canturreando una canción que los preparaba para un combate. Esa era su forma, otra no conocía.

Para los demás físicos y químicos, Torcuato era una incógnita. No estaban demasiado al tanto de sus antecedentes, aunque aparentemente eran suficientes como para mezclarse en ese equipo de trabajo. Se lo veía algo distraído. Pero Torcuato no estaba distraído, estaba aterrado. Había llegado descompuesto a la estancia luego de la visita al taller de Braga. El solo hecho de escuchar aquel nombre, Torcuato Salas, había desatado una cantidad incontenible de especulaciones. Se preguntó si él y Salas serían parecidos; si era necesario contarle lo que había pasado, que en realidad la parca lo andaba buscando a él; si contarle entorpecería el plan; si no contarle lo mandaba derecho al infierno. ¿Sabría todo este muchacho? También le dedicó unos minutos a pensar si esto anunciaba un desenlace peor o, por el contrario, si era una ventana que se abría, un guiño de los de arriba. ¿Señal para actuar o trampa? Esta gente trabajaba en el purgatorio, ¿de qué está más cerca el purgatorio? ¿De lo mundano o de lo celestial? ¿Del cielo o del infierno? La pinta que tenían aquellos tres era más de municipales de planta permanente que de otra cosa. Fantaseó con meter a este tipo en la vida de Charlie y él darse a la fuga. Todo esto se estaba poniendo demasiado macabro. Calculó probabilidades de todo tipo pero con ninguna quedó conforme. No había conclusiones posibles, en realidad, todo conspiraba hacia la improbabilidad, todo iteraba en lo irreal.

Concepción lo había asediado el resto del sábado y parte del domingo en la estancia. Lo miraba constantemente, trataba de adivinar en qué lugar le había caído el planteo del viernes a la noche, el de formalizar, tener hijos. Necesitaba saber si podía seguir tirando de la soga. Pero, por sobre todo, estaba frustrada.

—Al burro viejo le gusta el pasto tierno. Habrá que ver qué pasa con el burro cuando le llegue el invierno —le dijo cosas así porque estaba enojada y no le salía nada mejor para llamar su atención, para provocarlo, para que se diera cuenta de que no se trataba de una idea pasajera que se le iba a ir, que estaba pensando en eso la mayor parte del tiempo y que ni por un minuto soñara con que se iba a resolver solo.

Con el paso de las horas vio que Charlie seguía aislado, enfrascado en sus pensamientos, y la desesperanza se convirtió en el temor, básico y primitivo, de ser abandonada. Todo se dio a velocidad neurótica.

—Charlie, ¿me querés? ¿Cuánto?

A Teresa, en cambio, tanto no la afligió la indiferencia de Torcuato. Registró que él deambulaba como un zombi de un lado a otro, y no le pareció importante atribuírselo a nada. Ya bastante tenía con Concepción metiéndose en la cama de su hijo sin siquiera guardar las formas.

La rivalidad entre Teresa y Concepción no tenía nada que ver con el superclásico nuera-suegra. Por el contrario, Teresa habría querido tener ese tema resuelto tiempo atrás. No estaba ansiosa por tener más nietos, pero sí por mantener prolijas las relaciones familiares y aún más el linaje. Teresa prestaba mucha atención a este tema porque su propia alcurnia le había dado bastante tarea. Su padre, José Williams, se enamoró de María del Valle Barrera mientras la veía servir la mesa del campo más importante de la familia. Era la hija de don Barrera, el encargado del campo en Suárez. José y María del Valle jugaban de chicos a la hora de la siesta. Se escapaban de sus camas para encontrarse detrás de la matera. María del Valle era mucho mejor que José cazando pajaritos y parte de la admiración que este le tuvo siempre se originó en esa simple hazaña infantil.

Cuando María del Valle cumplió dieciséis años, comenzó a ayudar a su madre en los quehaceres del casco. Su porte y su elegancia natural la hacían perfecta para atender la mesa y a los invitados. Era raro que un comensal no comentara algo sobre María del Valle. Sobre sus penetrantes ojos marrones, su languidez o su voz serena.

Para los Williams, María del Valle era un tesoro. Hasta el día en que José les comunicó que era su novia. Entonces fue una miseria.

Al viejo Williams la noticia podría haberle sido indiferente, a juzgar por su edad avanzada, que ponía todo en perspectiva, y por su deporte favorito de la adolescencia: entreverarse con mucamas. Pero todavía entendía que esto ofendía mucho a su mujer y, sin demasiada intensidad, repudió el noviazgo.

Para doña Williams la situación rayaba en la tragedia. Sin llegar a medidas extremas, trató de disolver la pareja.

—¿Vos creés que ella va a estar cómoda en el mundo en el que nos desenvolvemos nosotros? No te das una idea del mal que le estás haciendo a esta criatura; sacarla de su entorno natural...

La descripción naturalista que doña Williams hacía de María del Valle era fiel a su origen inglés. Pero nunca alcanzó el efecto deseado. Lejos de eso, María del Valle, que tenía la sagacidad de mil demonios, se pulió sola.

El matrimonio fue en cierta medida obviado de la actividad social de Buenos Aires; a José no lo preocupaba, pero a María del Valle la amargaba. Lo resolvieron con estadías cada vez más prolongadas tierra adentro.

Al poco tiempo nació Teresa y, con intervalos de dos años, tres varones más.

María del Valle crio a sus hijos apartándolos de los comentarios susurrados a la salida del Santísimo, les mostró la belleza tal como ella la encontraba en rincones impensados y creó para ellos un mundo sordo.

Todo habría funcionado de acuerdo con lo planeado si no fuera porque los hijos crecieron y poco a poco las palabras maliciosas perforaron la unidad familiar.

Teresa interpretó a su madre como la artífice de una gran mentira y, por eso, lejos de agradecerle el remanso de paz que había sido su infancia, la condenó. De los cuatro hijos fue la que tomó la posición más radical. Se aferró a su herencia Williams y rechazó sistemáticamente todo aquello que la refiriera a lo Barrera. Como si fuera una enfermedad.

Cuando Teresa se alzó con su trofeo, Julio Beláusteguy esperándola a los pies del altar, aleccionó sutilmente a todos los que habían dudado de su clase. Lo hizo dando una de las fiestas de casamiento más recordadas del Río de la Plata.

Es probable que el servicio completo, incluyendo al *maître*, los manteles, la cristalería y una orquesta de treinta y seis músicos, haya venido desde el puerto de Le Havre. Se necesitaron unos setenta peones para descargar el barco y acomodar la carga en veinte carruajes que iban y venían del puerto hasta la casa de los Beláusteguy. Se comentó que su vestido de novia, diseñado por Lanvin y bordado con miles de cristales, recorrió las revistas de moda europea.

A Teresa, su redención le había llevado tiempo y planificación. El lugar que ocupaba en la sociedad desde hacía un tiempo se lo había ganado a fuerza de una agenda apretada de compromisos, galas, beneficencias y banquetes periódicos en su casa. Tenía el humor suficiente como para reírse de sí misma pensando que era su mejor alumna, la que más respetaba y hacía respetar las normas de conducta social.

A Concepción no le podía importar menos la voluntad de su suegra. Había heredado la clase de su madre y, pronto, heredaría el imperio de frigoríficos montado por su padre junto con sus hermanos varones y el guiño del General. El coeficiente social logrado por Teresa temblaba ante el pedigrí de Concepción Menéndez.

Torcuato ignoraba esta trama de procesos personales que se había tejido mucho antes de su llegada. Aun así, no podía ser ajeno a la guerra fría entre Concepción y Teresa; ambas amplificaban en la rival aquello que les molestaba de su propia intimidad. Atravesadas por las mismas pasiones y dotadas de recursos parecidos, transitaban por veredas opuestas.

Cuando Torcuato se desocupó en la Comisión Nacional de Energía Atómica (CNEA) esa tarde, sintió que el desasosiego era más grande, había crecido. Mientras manejaba el auto de Charlie rumbo a la casa de la avenida Alvear pensaba en lo poco que le había hecho el día empezar a trabajar con el sincrociclotrón. Algo que en su vida de físico marcaba un antes y un después no había logrado sacarlo del nudo de pensamientos que lo atosigaba.

El aire, un poco gris, entraba viscoso por la ventanilla. La tarde había levantado temperatura y por la radio se escapaba un tango irreconocible por la interferencia. Pensó en Ana Laura, en que hacía tres días que no se comunicaba con ella. Pensó también que le importaba menos que antes.

Cuando llegó a la casa, Inocencia salió a recibirlo. Hubiera hecho un comentario sobre la manera extraña en la que se estaba manejando últimamente Charlie, pero lo vio tan abatido que le ofreció una bebida fresca y su silencio.

—Señor, le preparé un bolso nuevo con desodorante, peine, gomina y todas esas cosas para que deje en el campo de deportes del Jockey cuando vaya.

La cara de Torcuato, entre agobiada y demandante de más datos, hizo que Inocencia continuara.

—Hoy se reúne con sus amigos de los lunes en el Jockey, como siempre, a las siete, en el Club Inglés.

—Gracias, Inocencia, tengo tantas cosas nuevas en la cabeza que las habituales se me caen por los costados.

Torcuato se desparramó en el sillón de la sala de lectura. Trató de mantenerse despierto durante algunos minutos. En ese tiempo no hizo otra cosa que mirar sus manos. Las manos de Charlie eran más grandes y más fuertes de las que él había tenido. Tenían algunos pelitos rubios y las uñas gruesas. Estaban marcadas por los elementos, por una vida que él no había jugado, con callos de deportes practicados por personas a las que no conocía. Mientras se iba en el sueño, pensó que ya no existían ni Charlie ni Torcuato. Estaba a mitad de camino entre uno y otro. Era los dos y no era ninguno. Desde ese lugar miraba a la distancia su antigua vida, a la que quería regresar. Solo existía su determinación, que también se iba desdibujando.

ONCE

—Señor Beláusteguy, ¿cómo está? —dijo la mujer que lo recibió en el Club Inglés—. Lo esperan donde siempre, lo acompaño.

El impermeable y el paraguas de Torcuato aún goteaban. La mujer los tomó y le extendió las prendas a la señora que miraba la escena desde el guardarropa. En lo que duró ese intercambio, la mujer no miró a la señora, pero la señora sí miró a Torcuato y luego a la mujer. Se sonrió y, en lugar de guardar inmediatamente lo que le habían confiado, prefirió mirarlos unos minutos más. Tal vez haya disfrutado de la escena por esas cosas que no se ven, pero que están presentes.

—Muchas gracias, Iris —dijo la mujer inclinando un poco la cabeza hacia abajo para que sus ojos parecieran más severos. Ya de por sí la mujer tenía un aspecto algo severo, con el traje sastre azul de pollera ajustada y saco a la cintura, y los labios oscurecidos con un labial berreta.

Torcuato y la mujer –más tarde supo que se llamaba Paloma– caminaron unos metros hacia una mampara de vidrio partido y roble que separaba el *hall* de entrada del primer salón del club. Era una mujer apenas linda que había aprendido a caminar coordinando a la perfección hombros, caderas y tobillos. El movimiento que lograba estaba justo antes de ser bamboleo. Acompañaba el efecto el pelo largo, brillante y castaño, peinado cada tres días en la peluquería de su madre y tomado en una cola de caballo impoluta. Apenas atravesaron la mampara, Paloma giró el torso y de reojo apuntó:

—Me tenés olvidada, Charlie. ¿Qué pasa? ¿Te tienen en custodia?

Una mujer, nuevamente, ponía a Torcuato contra las cuerdas. Ya había perdido la cuenta, pero no la sorpresa. Una vez más sintió su sangre anegando orejas y cuero cabelludo al compás de la taquicardia. La sangre allí acumulada luego disipaba todo ese calor hacia la sala, probablemente calefaccionándola mucho mejor que los radiadores mal mantenidos. La cadena de reacciones se sostenía durante varios minutos, porque saberse colorado lo ponía aún más colorado. Le pasaba desde chico; era algo que estaba seguro que había importado al cuerpo de Charlie.

—Ni muerto me olvidaría de usted.

La mujer sonrió y, antes de dejarlo pasar al siguiente salón, hizo un gesto algo infantil con la boca, como ofendida. Se apoyó de espaldas en la mampara con las manos detrás de sí, como invitándolo a cualquier cosa.

—Entonces, ya sabés dónde encontrarme.

—Pero sí, sonsa, ahora que empiezan los días lindos te llevo una noche al Guindado. ¿Qué te parece?

—Que te volviste loco, pero acepto —dijo Paloma mientras su cara se encendía—. Esperá: dejame invitarte una copa de champán, que seguro te va a venir bien, ¿no?

Torcuato le guiñó un ojo, se tomó el champán como si le gustara y se escurrió por la puerta hacia la reunión. A esta altura del partido le empezaba a parecer un despropósito sentirse así ante cada mujer que lo encaraba. Apostaba su cuerpo entero en estas situaciones y lo dejaban tenso de pelo a uña. Para cualquiera sería un golpe de suerte, un regalo divino; para Torcuato era una definición por penales. De la nada se sentía en un estadio lleno, el partido por resolver, frente de sí un delantero rival, y él con los guantes puestos y la frente salada esperando el redondo proyectil. No había terminado de pensar en estas cosas cuando escuchó un "¡Carlitos!" desde el *living* en el que se agrupaban los socios del Jockey.

Los hombres charlaban relajados sobre caballos de carreras, y el inminente Pellegrini. A juzgar por la escena, no se habría podido adivinar que meses atrás su sede había sido incendiada por partidarios de Perón. Había varios lugares de encuentro para los socios, de los cuales el más habitual era ese, el Club Inglés. A Torcuato lo había puesto sobre aviso Inocencia, que imaginó que el pobre diablo que tenía como patrón ahora estaría completamente desinformado sobre este punto. Como la conversación estaba muy animada, Torcuato saludó rápidamente. Los hombres discutían si Leguisamo ganaría el gran premio subiéndose a Yatasto, semidiós equino.

—Vas a ver que van a arreglar, que El Pulpo va a correr con Yatasto, que van a ganar, no hay forma de que no ganen.

—Si Leguisamo corre con un palo de escoba, hay que apostarle igual.

—Vos te olvidás de que la carrera no se disputa solo en la pista. A Leguisamo ya lo han amenazado y seguramente lo van a hacer de nuevo. Quieren que gane el burrito oficialista. Y al Pulpo le gustará ganar, pero más le gusta vivir tranquilo. ¿Sabés por qué el tipo es distinto? Porque piensa, es el único, no hay otro que sea estratega como él, así que yo no estaría tan seguro de que va a ser como vos decís.

—Hay que jugarle a El Aragonés, hijo de Ramazón; van a ver, va a dar el batacazo. Lo corre Quinteros. Leguisamo va a andar tapado este año. Yo lo conozco, es bicho el tipo. La cosa no está para el agite.

—Tiene razón, al final uno no sabe para dónde van a disparar estos tipos. Pensá que, el día que quemaron nuestra sede, incendiaron también la Casa Radical y la Casa del Pueblo… ¿Te das cuenta de la confusión que tiene esta gente? Mezclarnos con el socialismo, por favor…

—"Hay que educar a los guarangos".

—Mientras no nos expropien a los pingos…

Los hombres, casi todos de traje y pañuelo en el bolsillo, iban y venían de un tema a otro, con epicentro en Perón. Todas las conversaciones eran, tarde o temprano, atravesadas por él. Torcuato se sintió aliviado de no ser centro de la conversación y decidió acomodarse mejor en el sillón, jugarla de espectador. Escucharía la conversación sin intervenir, pensando en el derrotero inesperado que lo había llevado hasta ahí. ¿Qué diría su madre si lo viera en ese lugar? Ella tenía su corazoncito peronista y cantaba la Marcha mientras tendía la ropa; no así su padre, que era radical y había pasado cuarenta y ocho horas en el calabozo de la comisaría de Alta Gracia por especular con dos kilos de harina tres ceros.

Los hombres ahora hablaban de una exposición sobre *La Divina Comedia* que se iba a hacer próximamente, organizada por los socios del Jockey en el Club Francés. Hablaban de tantas cosas tan ajenas... Para cualquier hombre que viniera de un pueblo del interior, Buenos Aires era otro mundo. Torcuato recordaba bien la primera vez que había ido a Buenos Aires, becado para un congreso de física. Casi no había dormido por querer ver todo el show que era esa ciudad. Pero esto, estar en la vida de Charlie Beláusteguy, era de otra galaxia. O no. Tal vez así era la vida de un profesional en ascenso social. Tenía un primo que siempre había sido muy arribista: había logrado tener un puesto importante en una financiera y le quedaban pocos pelos y señales de su vida pueblerina. Por unos minutos no le pareció tan ajena la escena. Podría ser él. Podría ser su versión triunfadora, la que vuelve al pueblo sólo para las fiestas y reparte regalos hermosos que no le sirven a nadie, en un intento por contagiar su nuevo estilo de vida a los demás, a los que todavía no entendieron cómo es la cosa. Por primera vez pensó que podría ser él, que las distancias no eran tan astronómicas, que sabía de gente que, mudada a la capital, había progresado meteóricamente. Habían abrazado causas formidables en sus trabajos y las habían llevado a cabo como superhéroes. Se habían mudado a barrios lindos, a departamentos pitucos, iban al teatro y, cada tanto, a Europa. Ya no le ponían soda al vino y el frío era solo un recuerdo de la infancia. ¿Qué habían hecho esos con el muchacho de pueblo? ¿Convivían con él o lo habían matado? ¿Dónde habían puesto sus bailes de club, sus fiestas patrias en la plaza, su Día de las Colectividades, su club de jubilados, sus viejos sentados en las veredas? ¿Cuándo dejaron de pensar en su río, su arroyo, en las siestas de verano bajo los sauces, en la amenaza de la crecida del río? ¿Recordarían los sabañones? ¿En qué momento tomaron posesión de su vida anónima inventada en la ciudad?

—Eh, Carlitos, ¿dónde estás? No estarás pensando en sentar cabeza, ¿no? —le dijo un hombre panzón, de patillas enruladas y canosas en tándem con sus cejas, mientras lo palmeaba en la espalda.

—No, no. De ninguna manera; no me canso de escuchar argumentos en contra.

—Menos mal. Decime, ¿te agarró la isoca en tu zona?

—Ni me hables.

—No vayas a comentarlo, porque es un papelón —dijo el hombre tapándose la boca—, pero yo, desesperado con la isoca, viendo que se tragaba todo, llamé a un brujo que me habían recomendado.

—Ajá.

—Una pinta bastante fulera el tipo, te voy a decir. Probablemente, días sin bañarse, la barba crecida, descalzo y con un poncho. Cuestión, que yo pensé que iba a hacer un ritual indígena o algo así. Pero no. Hacía la señal de la cruz en el aire, apuntando a los sembrados, y decía: "Isocas no, isocas no, isocas no"…

—¿Y funcionó?

—¡Para nada! Al día siguiente había el doble de isocas y la mitad del girasol. ¡Me pelaron el campo, Carlitos! Una completa desgracia —se agarraba la cara con las manos y la tironeaba hacia abajo—. Terrible, Carlitos, terrible. Todavía lo estoy buscando al brujo.

—Charlie, ¿van a venir vos y Concepción a Bariloche? —dijo un hombre joven que se acercó en ese momento con una copa de vino en la mano. Su cigarrera decía "Santiago Murphy".

—¿A Bariloche?

—Sí, al final decidimos hacerlo en Bariloche. Mar del Plata viste cómo está, ya no es lo que era, lleno de gente, lleno de sindicatos. Nos pareció que ir a Bariloche sería lo mejor. LASO hace tres vuelos por semana y en siete horas estás ahí.

—La otra era ir a Punta del Este, pero lo dejamos para la próxima —agregó otro hombre que después identificó como Eliseo Anchorena.

—¡Punta del Este! —resaltó el hombre que instantes atrás llorisqueaba por las isocas—: gran invento de Perón.

—Sin duda, Mar del Plata ya no da para más. A mi madre le parecen demasiado liberales las playas uruguayas, pero hay que decir que todavía son un lugar paradisíaco, lejos de las multitudes.

—Mientras no pongan un hotel de Luz y Fuerza…

—Entonces, Charlie, ¿vienen?

—Tendría que coordinar la agenda.

—Charlie, ¿de qué agenda me hablás? —lo increpó con sarcasmo—. ¿Vas a correr una carrera?

—No, no, bueno, sí, pero más adelante, los 1000 Km de Buenos Aires.

—Entonces vení, nos vamos de pesca embarcados; las mujeres van a hacer beneficencia a la escuelita de ahí y a tomar el té.

—Carlitos, no nos defraudes, nos acompañaste todos estos años; este, vos sabés, es un año difícil, hay que ponerle más empeño que nunca.

—Sí, lo sé, lo sé. ¿En qué fecha es…?

—Del 2 al 9 de diciembre. Nos hospedamos en el Llao Llao.

A Torcuato, la idea de pasar una semana con Concepción lo aterrorizó. Qué haría con ella tantos días, de qué podrían conversar, cómo sostendría esa convivencia. Pero confió en que estos hombres tan civilizados tomarían recaudos para que eso no pasara y que habría una cantidad de actividades planificadas: mujeres por un lado, hombres por otro. Podría rechazar la invitación al viaje, por supuesto. Sin embargo, la idea de volver a Bariloche en otra piel, desde un lugar tan distinto al suyo, lo sedujo. Aun sabiendo que debería pensar muy bien qué haría con Ana Laura. Tal vez fuera la oportunidad para despedirse de ella. Tal vez se estaría despidiendo de todo un poco.

Mientras caminaba de vuelta a su casa, mirando las baldosas, notó que estaba tomando decisiones en la vida de Charlie, que la estaba viviendo y que el gusto no era feo. Todo lo contrario. El vértigo de cada situación empezaba a ser adictivo. También, eran más las veces que lograba salir bien parado que las que naufragaba en situaciones incómodas. Era un juego en el que la apuesta se le había hecho cotidiana. Cada día esperaba su desafío. Un circuito que empezaba a ocupar cada vez más espacio y al que quería ir más seguido. *No es tanto lo que tengo para perder*, se convencía. El desapego había crecido y eso lo cambiaba todo; desapego y conciencia de riesgo se conocen poco.

A esa hora ya no quedaba mucha gente en la calle un día de semana. Bajó por Libertad, mirando las vidrieras de anticuarios. Siempre le había parecido increíble que hubiera compradores de perros de porcelana o de camafeos. En uno de los negocios había una silla desvencijada. Había que encolar, cambiar los elásticos, restaurar los tallados y retapizar. ¿Seguiría siendo una pieza antigua luego de esa cirugía mayor? Pensó que sí. También pensó en que el cuerpo que había dejado en el accidente poco tendría que ver con aquel con el cual nació, probablemente solo quedaría un porcentaje extremadamente bajo de la materia original. Y, sin embargo, nadie nunca había dudado de que él era él. Solo un puñado de células lo habían acompañado desde su nacimiento, lo demás eran repuestos.

DOCE

—¿Cuántos días cree que le llevará acomodar sus cosas en Bariloche, Solás?

—Yo creo que una semana va a estar bien.

—¿Necesita que le facilitemos un camión para hacer la mudanza?

A Torcuato le habían crecido reflejos, podía contestar; en algún lugar había germinado esa nueva capacidad y largaba brotes.

—No tengo mucho. Lo que tengo lo voy a dejar en un *garage* que me presta un amigo y luego veré. Tal vez más adelante sí. Por ahora creo que no será necesario.

Iraolagoitia se echó sobre el respaldo de su asiento, del otro lado del escritorio de pino tea y cuero verde. Miró unos segundos más a Torcuato; trataba de definir qué riesgo de deserción había.

—Mire, Torcuato, yo lo veo con alguna duda, me parece… Le voy a decir algo: este proyecto va a funcionar. Yo entiendo que usted ha quedado muy afectado con lo de Huemul, lo sé y lo entiendo, créame, pero acá… acá, no está involucrado el poder político. Muy por el contrario. Ya sabe a qué me refiero. No le digo que vamos a estar completamente aislados, pero tengo plena confianza de que se va a poder trabajar bien. Seelmann-Eggebert tiene claros los objetivos y conoce lo que hace. Es un hombre de una tenacidad de acero. Es una verdadera oportunidad participar en un equipo de estas características, ¿me entiende? ¿Cuántas veces cree que se dan este tipo de coyunturas?

Mientras Iraolagoitia se esforzaba por ser persuasivo, Torcuato le miraba los rulitos que se le hacían en las cejas.

—El equipo de radioquímicos es un lujo, Solás. No se va a equivocar en esta apuesta. Está todo dado para que finalmente podamos dar una señal clara desde la Comisión. Un resultado válido y de utilidad. Una voz fuerte y diáfana que nos permita tener voto en estas cuestiones.

Torcuato notó que de las orejas de Iraolagoitia salían algunos pelos entrecanos que le daban cierto aspecto mitológico.

—Usted es del interior y se nota que aprecia la vida tranquila, las rutinas, las pequeñas cosas. Pero créame que a lo bueno uno se acostumbra rápido. Ya va a ver cómo le toma el gustito a Buenos Aires. ¿Tiene novia?

Torcuato iba por el cuello de la camisa de Iraolagoitia, preguntándose con cuánto apresto lo plancharían, porque se lo veía realmente rígido, incluso podría ser filoso. Entonces, semejante interpelación lo sacó de su recorrida evasiva.

—Esteeeeeee…, bueno, en realidad, esteeee, es complejo —dijo aclarándose la garganta más veces de lo necesario.

—Bueno, hombre, no hace falta que entremos en detalles. A lo que voy es que acá se va a encontrar con infinidad de señoritas educadas y buenas mozas con ganas de conocer a alguien como usted. No se apichone, chapee con esto de la energía atómica, que a las chicas les encanta.

Esta última confesión de Iraolagoitia lo dejó a Torcuato en remojo.

Al salir del despacho del director, Torcuato pensó en la noche anterior. Otra vez había vuelto hilvanando esquinas en el Chevrolet con una muchacha anónima a bordo. ¿De dónde salían esas mujeres? ¿Qué pacto tenía Charlie que le aseguraba esta provisión de féminas? No pudo más que reírse con sorna de las palabras que había escuchado hacía instantes: "chapear con la energía atómica". ¡Por favor! En la vida de Charlie había una fuerza centrípeta que minaba de mujeres su existencia. Seguramente estaría en consonancia con la fuerza centrífuga de Torcuato, lo cual debía mantener un equilibrio en el universo.

La mujer que lo había acompañado la noche anterior era pelirroja, le decían Nina y tenía muslos fuertes como dos tenazas. Su piel era blanquísima con algunas pecas y tenía manos y pies pequeños. *Las coloradas se dividen en dos*, pensó: *las que son un infierno y las que son una desgracia*. Nina era la mano derecha del mismísimo Lucifer.

No había hablado demasiado con ella, pero aun así tenía una impresión bastante nítida. Era de esas tipas que con poco hacía mucho: algo de belleza, mucha sensualidad; poca educación, muy viva; perseguida por la tragedia, bendecida por la voluntad.

Nina le había dicho que nada la hacía tan feliz como las pieles y las joyas, que a ella le quedaban especialmente bien porque su piel era muy blanca, y que ninguna de sus compañeras tenía el buen gusto que tenía ella para elegir. También le dijo que tenía ojo para los burros, que de solo verles la actitud podía decir cuál estaba para ganar y que era un tonto si no pensaba en ella para acompañarlo al Pellegrini, que ella tenía lo que hace falta para un Pellegrini, no como sus compañeras, que no habían aprendido nada en estos años. También le dijo que si la invitaba al Pellegrini ya tenía visto un sombrero que iba a ser la sensación, porque el verde inglés a ella, que era pelirroja, le quedaba distinguidísimo. A Nina solo le faltaba un bombo para promocionarse.

Como otras veces, Inocencia se había ocupado de despacharla antes de que Torcuato abriera un ojo. Cómo podía Charlie tener este circo armado, se preguntaba una y otra vez. ¿Estaría dentro de un paquete con abono mensual? ¿Habría un acuerdo con un proveedor? ¿O era solamente producto de alguna hormona que emanaba la piel de Charlie?

Difícilmente Torcuato pudiera acceder a la respuesta; la mayoría de las veces que se encontraba con estas mujeres circulaba tanto *whisky* por su cuerpo que estaba a punto inflamable.

Para cuando terminó de recapitular, ya estaba en el laboratorio de vuelta. Hubiera deseado tener un *switch* que le bajara las revoluciones por minuto, algo que le devolviera su paciencia para llevar adelante la vida metódica y protocolar del átomo. Todos trabajaban en silencio, atentos a los sonidos de los aparatos, inmersos en una simbiosis entre las partículas y los operarios. Realizaban anotaciones, comentaban brevemente y volvían a los ensayos. La molécula estrella en ese momento era el hierro y su marcación podría tener un impacto considerable en áreas tan alejadas entre sí como la medicina o la geociencia.

Sin embargo, casi toda la actividad cerebral de Torcuato estaba enfocada en que no se le cerraran los párpados. Esos pequeños músculos alrededor de los ojos estaban consumiéndole una cantidad desproporcionada de energía. Estaba usando hasta los músculos elevadores de las cejas para que los párpados no claudicaran. Luego reclutó los músculos de toda la frente, del entrecejo y de las orejas. Pensó en la cantidad de horas que tenía por delante y aceptó una derrota digna. Decidió irse al baño, uno que quedaba en un subsuelo al que solo iban los físicos, en el que podría sentarse en un inodoro y descansar. Era grande la deuda de sueño que tenía y poca la ayuda para administrar dos vidas.

Bajó la tapa del inodoro y se sentó. Evaluó que la posición más confortable sería apoyando la cabeza contra la puerta del gabinete. Cruzó los brazos y apoyó los codos sobre las rodillas para darle estabilidad a la posición. Unos minutos después cualquiera que pasara por ahí habría escuchado un ronquido grueso.

Cuando se despertó no podía decir cuánto tiempo había pasado, qué hora sería, si ya habrían cerrado el área. La sola idea de pernoctar ahí le heló la sangre. Salió a los saltos. Pero solo habían pasado veinte minutos; como mucho, media hora. La siesta ideal, la que repara y no atonta. Incluso al despertar sabía quién era y dónde estaba, algo que le era esquivo en el último tiempo. Aun así, tenía la mente un poco en blanco; el sueño había sido profundo, esa sensación era patente. No podía precisar qué había soñado pero una de las primeras imágenes que tuvo fue la de Ana Laura.

Se hundió en su hipotálamo buscando las imágenes oníricas como un sabueso. La primera en soltarse fue la de Ana Laura llorando. Él sabía que se trataba de ella aunque su apariencia fuera otra: parecía una mujer mapuche, añosa, sentada en una mecedora al lado de una ventana, con un vestido de viyela con flores chiquitas y una manta rosa tejida al crochet, el pelo gris y grueso en un rodete atado mil veces, las manos embrutecidas por el sinfín de tareas, los párpados caídos y abultados. Empequeñecida, los hombros iban rumbo al encuentro entre sí, lamentaba una pérdida épica, tal vez la de un pueblo completo. La mujer tenía un pañuelo bordado y con él se secaba las lágrimas que salían sin prisa. Decía algo dentro del sollozo, pero era muy difícil de entender. Era más un quejido, una exhalación de lamentos, que una frase en sí.

Durante el resto del día Torcuato no hizo otra cosa, casi como un juego o una obsesión, que rescatar detalles de su sueño. Lo tomó como un objeto, lo daba vueltas, trataba de encontrar claves. Hubiera querido apagarlo también, para que no lo molestara más. Pero el sueño volvía y lo acosaba. Se amplificaba, se compactaba, se ponía denso. Para cuando se hizo de noche, Torcuato sabía que no tenía escapatoria. El sueño en sí ya había dado todo lo que tenía para dar. Era solo una bengala, una advertencia o un pedido de auxilio, pero de ninguna manera una solución. Lo azotaba la idea de tener que decidir y, peor aún, decir: la estrategia milenaria de los hombres era esperar a que las relaciones se rompieran solas, que ella dijera que se había roto, sin importar quién había decidido que se rompiera. Esa era la opción obvia. Dejar que ella dijera que se había roto.

La idea lo acompañó todo el día y al llegar a lo de Beláusteguy tuvo ganas de llamarla. Sería bueno que se fuera enterando de que algo estaba roto, no solo la relación, algo más grande, quizás el pasado.

—¿Me oís bien?

—No, hablá más fuerte, por favor.

—¿Ahora sí?

—Decime, ¿qué pasó?

—¿Qué pasó de qué?

—¿Cómo que qué pasó? Me mandaste a llamar, estoy con el corazón en la boca… ¿Te pasó algo, Torcuato?

—Tantas cosas, Ana Laura, tantas cosas.

—¿Qué, Torcuato? Decime qué.

—Es difícil relatarte todo por teléfono.

—¿Pero vos estás bien? ¿Pasó algo en Córdoba?

—Mal no estoy yo. De Córdoba no tengo novedades.

—Torcuato, te noto raro. No entiendo. Me mandás a llamar y no me decís nada.

—Pero estoy bien, o acostumbrado.

—¿Estás trabajando con los radioisótopos ya?

—Sí, estamos trabajando con el hierro ahora.

—Estuviste escribiendo poco, ¿te sentís bien?

—Estoy un poco cambiado, no te imaginás.

—Torcuato, me estás asustando.

—Buuuuuuhhhhh…

—Torcuato, te lo digo en serio, muy en serio. ¿Visitaste a mi familia?

—No.

—¿Por qué?

—No se dio.

—¿Estás en Ezeiza ahora?

—No.

—¿Dónde estás?

—Aquí y allá.

—Torcuato, ¿me querés decir qué diablos te pasa?

—Ay, el diablo. Si pudiera tener un *tête à tête* con él...

—A vos te agarró la radioactividad, Torcuato, estás desconocido.

—¡Ja! Sí, me agarró la radioactividad.

—Torcuato, ¿es seguro el lugar donde estás trabajando?

—Muy seguro: no pasa NADA.

—Te escucho entrecortado.

—Tal vez deberíamos cortar. Que estés bien. Voy a tratar de escribirte más seguido.

—Haceme el favor de visitar a mi familia.

—Ay, no escucho nada, te perdí, te perdí...

TRECE

Torcuato abrió la canilla y tomó la navaja. Afuera, el cielo estaba transparente y ya se oía el rumor de la ciudad. Trató de recordar algún sueño, pero no pudo. La radio emitía una secuencia absurda: un *jingle* de fideos, un locutor que daba malas noticias y luego la temperatura. Torcuato se miró en el espejo, bien profundo a los ojos, como esperando que ese otro le contara algo. Estudió los pómulos y los surcos que iban de la nariz a la boca. Luego repasó el cuello y se detuvo en la forma irregular que tenía la nuez de Adán. Levantó la navaja con la mano derecha y afeitó esa cara. Deslizó el filo con cuidado, reconociendo la topografía no solo por lo que veía, sino también por lo que sentía. Se pensó a sí mismo como un barbero meticuloso explorando la epidermis de su cliente. Charlie tenía mucho más pelo que él, que solo tenía una barba rala de pelos huraños.

La mañana estaba fresca, y un poco de viento del este de la noche anterior había limpiado el hollín, de manera que decidió ir caminando a la oficina de Charlie, algo completamente inusual. La voz latosa de la radio había anticipado que después del mediodía el calor empezaría a apretar, pero la invitación a caminar la mañana era irresistible.

La mayoría de los porteros de la avenida Alvear había terminado de baldear las veredas, o estaban en eso. El tramo de Libertador lo recorrió al resguardo de las tipas, que en esos días empezaban a escupir a los transeúntes. A cada rato se veía la escena en la que alguien se frotaba la cabeza y luego se miraba los dedos tratando de identificar si la eyección venía de un árbol incontinente o de una paloma inescrupulosa. No faltaba mucho para que las tipas florecieran y que, de un momento a otro, comenzaran los chaparrones de florcitas color ocre, que caían en ondas perezosas, como un tapiz, para terminar en las suelas de los zapatos y emanar olor a barro podrido.

La mayoría de las personas con las que se cruzaba iba hacia el centro, con el paso apurado y el gesto comprimido, probablemente pensando en las próximas horas. Torcuato venía con el paso de quien está pensando en cosas muy apartadas. Pensaba en la conversación de la tarde anterior con Ana Laura. Tal vez había estado demasiado idiota, tendría que haber hecho una transición más pausada y no ese salto al teléfono descompuesto. *Las transiciones son lo peor*, pensó; *es la manera que tiene la vida de cobrarte los cambios*. Hay que estar muy dispuesto a vivir las transiciones, hay que tenerse mucha fe, llenarse de convicción, no flaquear, la transición es ir a ciegas, entrar en un pantano, lidiar con la incertidumbre, no ver la luz al final del camino. *Los cambios no son para todos*, se dijo, *algunos quedan al principio de la transición —detenidos por lo que avizoran—, otros, los más desdichados, a mitad de camino, en el medio de la ciénaga, paralizados, a veces convencidos de que triunfó la moderación cuando en realidad lo que prevaleció fue el temor. La transición requiere entereza. Y ser sincero*, pensó. Ahora que su vida era un poco menos de él podía mirar ciertas cosas con una honestidad a la que antes no se hubiera atrevido. Sabía que para Ana Laura él no era su gran amor. Lo sabía ahora. Lo había sabido siempre, solo que antes lo tenía guardado en un lugar al que no entraba, un lugar bien escondido en su mente, lejos de la conciencia. Ahora entraba y salía de él, de ese lugar y de varios lugares más a los que no solía ir. Sentía total soltura para ir y venir, tenía suficientes sarcasmo y desapego para hacerlo. Su vida era el objeto de estudio de su mente; su mente, un campo de batalla entre dos vidas.

Durante la mañana Torcuato recibió en la oficina de Charlie a un consignatario de hacienda de asombroso parecido a un *Aberdeen angus*. Tenía la cabeza grande, el pelo lleno de rulos gruesos, los ojos separados y redondos, la nariz algo chata. El padre del consignatario había trabajado toda la vida con el padre de Charlie y la relación se prolongaba entre los hijos de ambos. Acordaron un número de vaquillonas que iban por el segundo año sin preñez, algunos pocos toros y los novillos que hicieran falta para redondear. Luego del destete se volverían a reunir para discutir el terneraje.

Más tarde, revisó los nuevos hándicaps de los polistas de más de siete goles que la Asociación le había enviado. Puso una tilde al lado de cada calificación sin hacer ninguna modificación, dado su nulo conocimiento en el área. Se estremeció al ver el nombre "Carlos Hilario Beláusteguy: 9 goles". Hubiera querido corregir ese hándicap y poner un tres, pero desde luego esa casilla estaba bloqueada en su formulario. El infarto que había sufrido Charlie semanas atrás lo había eximido frente a su equipo, As de Pique, y un suplente estaba jugando de delantero en su reemplazo. De todas maneras, tenía que fraguar una lesión que lo dejara fuera de cualquier posibilidad. *Ad eternum.* Se lo anotó en una listita de cosas por hacer.

Almorzó en un cafetín a mitad de camino entre la oficina y la CNEA, en territorio neutral. Había algunos hombres sentados solos, mirando su plato y pretendiendo cierta invisibilidad. Mientras comía el plato del día, un bife a la criolla desabrido, lamentó haberla tratado así a Ana Laura. La había notado realmente preocupada, lo que era una novedad para él. Lo había expresado en el tono de su voz, sus inflexiones austeras y la hilera de palabras sincopadas.

En la CNEA el equipo estaba alborotado como un puñado de adolescentes, porque era inminente la prueba piloto del sincrociclotrón. El profesor Seelmann-Eggebert hablaba con acento más duro que nunca, aspirando casi todas las vocales y omitiendo las erres que tanto trabajo le daban. Los físicos más jóvenes tenían los párpados completamente retraídos con los ojos inyectados a poco de salirse de sus órbitas. Andaban con cara de asombro permanente, como si estuvieran esperando que una verdad se desplomara sobre ellos en cualquier momento.

Faltaba poco para las cinco de la tarde cuando una secretaria le avisó que alguien lo buscaba en la puerta principal. Durante el trayecto inventarió a las personas que podrían estar buscándolo ahí a esa hora y no llegó a tres. Era muy extraño. Cuáles serían los motivos; no se animó a aventurarse tanto. A medida que se acercaba a la recepción veía una silueta femenina, de vestido floreado y tacos. Estaba de espaldas, con el pelo recogido pero no tirante, y caminaba despacio mirando los cuadros que de alguna manera se habían conseguido un lugar ahí. Apenas sintió los pasos de Torcuato retumbando en el pasillo, se dio vuelta y antes de sonreír lo examinó.

—Lourdes, qué sorpresa.

—Torcuato, qué cambiado estás.

La mujer lo recorrió con la mirada, buscando cualquier información reportable. Torcuato sintió cierto pudor. Se saludaron con un beso, en el que Torcuato se llevó puesto el sombrero de rafia que traía Lourdes.

—Perdón, sigo tan torpe como siempre.

—Yo te veo más porteño.

—Puede ser, hay que adaptarse para sobrevivir —dijo mientras una risa mecánica y cortita salía entre sus dientes.

Ana Laura le había pedido a su hermana que lo fuera a ver. Estaba intranquila, quería saber, al menos, si tenía buen aspecto. Tal vez estuviera más intrigada que preocupada; de todos modos, había confiado a su hermana la misión.

—Espero a que termines y vamos a tomar un café, ¿qué te parece?

De regreso en el laboratorio, Torcuato se sentó en una silla al costado de una mesada de trabajo, con la mirada fija en unas tablas de cálculos que usaban todos los días. Quién las habría hecho, qué agobio, pensaba cada vez que las veía, y se imaginaba algún personaje oscuro y pequeño anotando cada número, encerrado en un cuarto subterráneo y frío. Ahí se quedó unos treinta minutos sin hacer nada.

Lourdes y Torcuato caminaron por la avenida Santa Fe en busca de algún lugar fresco y cuando vieron un bar con ventiladores de techo, no lo dudaron, ahí entraron. Al principio hablaron de lo que se habla para llenar los espacios. Luego ella, con bastante poca sutileza, lo interrogó acerca de su trabajo, su alimentación, sus amistades y de cómo se sentía físicamente.

—¿En la Comisión tienen algún médico que los controle?

—Lourdes, soy físico, no soy un cosmonauta.

—Bueno, pero estás expuesto a radiaciones y no sé a qué otras cosas. Ana Laura me dijo que no parecías vos por teléfono. Y yo te encuentro raro.

—Nos vimos hace más de un año por última vez; no vas a pretender que me conserve en formol.

—Al contrario, te veo más joven y más buen mozo de lo que eras. Podría dejar mi currículum en la Comisión a ver si engancho un trabajo de secretaria y me cambia la vida.

—¿No estás contenta?

—No es que no esté contenta, pero, si tengo que ser sincera, estoy un poco aburrida. Me gusta la vida tranquila de la zona sur, pero es, justamente, muy tranquila.

—¿Y qué harías?

—Nada. No sé si tendría el coraje de darles un disgusto a mis padres. Ana Laura ya se los dio y mirala adónde se tuvo que ir.

—Nunca voy a entender por qué Ana Laura siente que es tan mala hija. Una chica inteligente, trabajadora, honesta, considerada... ¿De veras tus padres piensan que es la oveja negra de la familia?

A Lourdes la conversación la empezaba a incomodar. Estos temas no los charlaba con nadie. Su familia era demasiado hermética como para que lo comentara con alguien. Aun así, quiso seguir hablando. Le dijo a Torcuato que sentía una carga invisible y sin peso que desde siempre la acompañaba. Que la mirada de sus padres había podado su autodeterminación y sus aspiraciones. Probablemente lo único que sus padres aceptarían por bueno sería hacer una vida como la de ellos. Que su hermana mayor había hecho muy bien en alejarse, porque era la única manera, que era más difícil y que tal vez nunca lograría llegar a la universidad, pero que era mejor que seguir aprendiendo labores. Claro que eso la había dejado en una posición más difícil. Ahora que Ana Laura estaba fuera del radar y que ella era el último tiro, sus padres se reaseguraban a cada rato de que sus planes coincidieran con los de su hija menor.

—Pero yo quiero algo distinto para mí.

La miró a los ojos y supo que nunca daría el paso. Que, sin embargo, tendría una vida junto a un hombre, hijos, una casa con fondo y quehaceres del hogar. Que sería aplicada en sus tareas, que se pintaría la boca antes de que llegara su marido por las tardes y que casi siempre tendría olor a comida en las manos. Que sus hijos la querrían como se quiere a esas mujeres que están todo el tiempo detrás de escena. Imaginó, mientras Lourdes seguía hablando, la carpeta hecha a crochet para centro de mesa que ella haría por las noches cuando sus hijos ya se hubieran ido a dormir. Pudo ver la cocina silenciosa de esas horas, apenas infiltrada por una luz blanca del pasillo exterior y las sillas de la cocina pintadas de amarillo claro, como las de su casa de Alta Gracia. Recordó la bolsa de agua caliente que su madre le ponía en la cama cuando el invierno le perdía el respeto a la calefacción, y la vio a ella haciendo lo mismo para sus hijos. Seguramente pondría una parra para que trepara por la estructura de alambre que le pediría a su marido y, en verano, se sentarían ahí después de la siesta, con el mate y algo dulce. Sintió el olor que tienen las casas con el piso de cerámicos encerados, la de su madre y la que sería de Lourdes. También vio los helechos en macetas colgantes en un patio al resguardo de las heladas y, un poco más allá, la puerta de ese cuartito lleno de latas, embudos, palos, fierros y demás cachivaches. Dudó de si tendría o no gallinas en el fondo, tal vez eso no, tal vez con eso sería con lo que ella diría "no soy igual a mis padres". En la casa de sus padres, detrás del limonero y otro árbol de bergamotas, estaba el gallinero, ordenado en dos hileras de jaulas, a veces compartido con conejos que superpoblaban el fondo porque a su padre no le gustaba matarlos.

Lourdes le preguntó si necesitaba ayuda con algo, dar vuelta el cuello de alguna camisa o simplemente dónde ir a comer los domingos al mediodía. Torcuato le dijo que en pocos días se iría a Bariloche a acomodar sus cosas.

—Mis padres le estaban por mandar una encomienda a Ana Laura, ¿te la podemos dar para que se la lleves?

Torcuato no solo aceptó llevar la encomienda, sino que, además, quedó en que la iría a buscar el domingo a la casa de ellos en Temperley.

Lourdes le agradeció mucho y se despidió, porque se estaba haciendo tarde y tenía una hora y media de viaje. Separó las monedas para el colectivo y antes de partir pasó por el baño. Torcuato jugaba con unos sobrecitos de azúcar, todavía pensando en esas cosas simples que tenía metidas en sus recuerdos. Cuando la vio volver del baño, en lugar de ver su cara, vio la de Ana Laura. Duró una fracción de segundo esa confusión, hasta que ella sonrió, algo que Ana Laura no hacía a menudo. Las hermanas conservaban ese aire familiar a pesar de que se llevaban siete años y de que Lourdes tenía otros colores. La siguió con la mirada cuando atravesó el salón donde los rayos del sol ya entraban casi paralelos al techo —de color anaranjado, hasta el fondo, donde estaban las puertas de los baños— y luego cuando salió a la vereda y caminó toda la esquina alrededor del bar. Era esa hora rara que no es ni una cosa ni la otra, la transición, el recambio de gente: los que se habían reunido a la tarde partían y en pocos minutos llegarían otros, completamente distintos, los más solitarios, los que venían por una milanesa o un pastel de papas, y los veintinueve, por ñoquis.

Torcuato esperó a que el sol terminara con lo suyo para salir de ahí, le pareció que así tenía que ser, que algún orden cósmico se lo exigía y él no tenía la fuerza emocional para desafiar absolutamente nada, ni siquiera eso. Pero apenas salió empezó a recriminarse. Había sido un error contarle que iba a Bariloche. Una estupidez de un momento en el que se sintió demasiado familiar con todo. Esa información se la tendría que haber guardado y usado como más le conviniera según cómo se fueran dando las cosas. Caminaba con las manos en los bolsillos, mirando el piso, de vez en cuando moviendo la cabeza hacia un lado y otro. Cuanto más lo pensaba, peor era el malhumor que lo iba llenando. Los colectivos rebasaban de pasajeros y cansancio, los negocios cerraban sus puertas, las personas otra vez caminaban apuradas, pensando en el otro frente, en lo que les quedaría por hacer en sus casas.

Decidió que sería mejor meterse en un bar y tomar algo tranquilo. En cuanto vio un lugar a media luz de hombres callados, entró y se sentó a la barra. El local olía a rancio y la música sonaba a una velocidad que no correspondía —pero que nadie notaba— en un tocadiscos. Pidió un *whisky* doble con hielo. El *barman* lo relojeó y, antes de poner la bebida en el vaso, le preguntó si quería que le sirviera del bueno, a lo que Torcuato contestó que sí y el hombre luego explicó que el contenido de la botella del *whisky* nacional que le estaba ofreciendo en realidad era importado, que si no confiaba podía probarlo y notaría la diferencia de inmediato.

En la otra punta de la barra un hombre flaco y sombrío tomaba una ginebra. Algo en él hizo que Torcuato recordara a Hugo, la parca que lo había metido en todo esto. Tal vez fuera parca, o como ellos llamaran a su oficio, pero le pareció juicioso no preguntar. Ningún hombre iba a ese tipo de bares a que le pregunten cosas ni a hacerse amigos. Cada uno estaba peleando su *round,* a su manera, algunos más derrotados que otros. Se podría decir que algunos de ellos habían empezado a amar la derrota: esa era la impresión. Torcuato no se sentía derrotado, pero sí muy aturdido por razones que ese día en particular no podía definir. Se preguntó si alguno de ellos habría vuelto de la muerte como él. ¿Cuántos serían en la ciudad? A juzgar por lo que había visto en aquel lugar de parcas y administrativos mezclados en la neblina gris eterna, los errores debían de ser algo más o menos frecuente. Seguramente se cruzaba a diario con hombres que, como él, estaban salvando un error. También con parcas haciendo tiempo acá y allá para llegar en el momento indicado. Hubiera querido poder hablar con cualquiera de ellos, compartir la angustia. *Todos estamos salvando un error,* pensó y se sintió menos solo.

Cuando pidió el tercer vaso de *whisky,* le confió al *barman:*

—Así como me ve, este no es mi cuerpo. Y es tan solo la mitad de mi vida.

El *barman* asintió sin levantar la vista del trapo con el que repasaba la barra.

—Usted debe de escuchar todo tipo de historias. Me interesa saber si escuchó alguna como la mía.

El *barman* hizo un gesto que Torcuato no pudo interpretar.

—A mí me mandaron de arriba de vuelta para abajo porque se habían confundido de fulano, ¿vio?

—Creo que a todos les pasa más o menos lo mismo acá. Vienen cuando están desahuciados, en la mala, buscando culpables de su tragedia. Pero ¿sabe qué?: yo creo que andando se acomodan los melones y que, finalmente, cada uno se queda en el lugar que le toca. Y está muy bien.

CATORCE

Aquel sábado, con mucho esfuerzo, se abstuvo de salir por la noche. Sabía que si salía no sería capaz de detener la sucesión perversa: tomar de más, volver con alguien, acostarse tarde, despertarse arruinado. Se reencontró con algo que había olvidado: el domingo por la mañana. Se recriminó por haberse alejado tanto tiempo de él mismo; la vitalidad parsimoniosa de la ciudad desperezándose poco a poco y la escena desplazada hacia el canturreo de los pájaros, como un manto, lo llenó de bienestar.

Antes de prender la radio escuchó que Inocencia cerraba la puerta de servicio. A veces se quedaba los sábados por la noche en la casa y no sabía bien a qué atribuir esas decisiones, no parecían responder a ninguna lógica, al menos para él. Tampoco era necesario andar indagando sobre eso. Encendió la radio y pasó el dial por varias estaciones hasta dar con una canción de Johnny Cash. Mientras se afeitaba, el locutor aparecía tras cada tema contando algo sobre el músico, la discográfica o la letra. Se cortó las uñas; no eran tan duras como las de Torcuato. Era ese tipo de uña que está fundida con el dedo, como con ganas de dejar de ser uña y ser un simple acabado lustroso de la falange. Se acordó de su cruz, hecha de tiento, que estaba en el fondo de un bolso con sus cosas, y decidió ponérsela, ya que pasaría el día como Torcuato. Sonaba la voz de Sinatra con "Young at Heart". *Don't you know that it's worth / Every treasure on earth to be young at heart / For as rich as you are / It's much better by far to be young at heart.* Torcuato cantó el estribillo con una pronunciación mucho mejor que la suya, pero sin entender una palabra de lo que estaba diciendo; esa laringe era fluida en inglés.

Podría haber tomado el colectivo a dos cuadras de la casa, pero le pareció mejor no precipitar comentarios en el barrio de Charlie. Caminó unas ocho o nueve cuadras hasta una parada en Esmeralda y Santa Fe. Cuando la zona se volvió comercial, empezó a prestar atención al reflejo que le devolvían las vidrieras. Ese que caminaba ahí tal vez no fuera ni Charlie ni Torcuato; tan solo un híbrido. Una identidad sin intención. Había tenido el cuidado de vestirse según el desinterés de Torcuato, como también había vuelto a la raya al costado y a unos zapatos anchos con cordones de cola de ratón. Cada vez que aparecía en una vidriera volvía a reconocerse y a ver una vez más a ese sujeto de vida duplicada y absoluta soledad. Las calles desiertas de domingo por la mañana tenían algo de post-Apocalipsis. El eco de los pasos, suela contra baldosa, lo sumía aún más en esa sensación.

Con tal de no pensar más compró el diario; seguramente lo leería de punta a punta camino a Temperley. Además, se aseguró de conseguir monedas.

De lejos vio que venía el colectivo y le pareció que estaba bastante lleno para ser domingo. Tendría poca frecuencia, pensó. O llevaría a la gente a su día franco, pensó mejor. Mientras sacaba el boleto sintió que alguien lo observaba. Por pudor o por cobardía, prefirió no averiguar la atención de quien estaba llamando y se sentó en la última fila de asientos de a dos, del lado del pasillo.

Desplegó el diario y lo volvió a doblar de manera de poder leer la plana principal sin molestar a la señora que estaba sentada a su lado, aunque probablemente estuviera sumergida en alguna galaxia lejana, la de algún problema que la esperaba con los brazos abiertos en su casa, al final de la semana, para no dejarla descansar.

Camboya se había independizado de Francia. La noticia, desapegada y desaprensiva, no sorprendía a nadie; era un legado de la posguerra. En la sección Internacionales también se comentaba el conflicto entre israelíes y palestinos por una franja desmilitarizada al que Torcuato no dio mayor importancia. Antes de seguir con la sección Política recaló en Sociales, algo a lo que jamás le había prestado ni un segundo de su tiempo y que ahora estudiaba. Le causaba cierta envidia el coeficiente social de Concepción, que era capaz de archivar en su cerebro árboles genealógicos completos, cruzar ramas nombrando la cantidad y cualidad de los matrimonios entre ellos, disgustos, herencias conflictivas, hijos díscolos, hijos extramatrimoniales, hijos prodigio, hijos clavo, ases deportivos y mala fama. También era formidable su capacidad de entablar pequeñas conversaciones con extranjeros y de sostener, con cualquiera que lo ameritara, una variedad de temas sin tambalear. Era extroversión sin llegar a la verborragia. Sus cuñadas, las mujeres de sus hermanos –a quienes Torcuato había conocido en una comida en lo de Menéndez– eran mucho menos lúcidas. La mujer de Juan Carlos era casi tonta, pero al menos era callada, por lo que se demoraba bastante en saber que la mujer no tenía mundo interior ni exterior. La otra cuñada, la mujer de Horacio, era muy conversadora y preguntaba de manera compulsiva cualquier cosa que circulara por su corteza cerebral sin filtro, lo que resultaba en un mosaico desparejo de inquietudes. Bastante interesante había logrado ser con lo que tenía.

Si se hubiera quedado metido en el diario, habría sido definitivamente mejor. Pero no. Levantó la vista y entonces la vio, sentada en un asiento de fila única, tres lugares más adelante que él. Su cuerpo pequeño y apenas regordete acompañaba los movimientos del colectivo. Tenía, como siempre, la espalda bien erguida y ese aire de señora compuesta a toda hora. Llevaba la bolsa de plástico tejido a rayas con la que iba y volvía cada fin de semana. Cuando superó la parálisis que le produjo verla allí sentada, Torcuato empezó a pensar en coartadas, en cómo podría explicar que iba en colectivo un domingo a la mañana rumbo a zona sur. Podría decir que hacía mucho tiempo que no usaba transporte público y que había decidido dar una vuelta, lo que –por supuesto– Inocencia jamás tomaría por cierto. Tenía que pensar rápido una buena razón para estar ahí o arrojarse del vehículo. Tal vez lo hubiera visto ya. Era difícil saber si esta mujer podría ponerlo en evidencia. Hasta el momento, ella no había hecho otra cosa que seguir con su rutina sin importarle cuánta extrañeza se había instalado en la casa. Torcuato jugó con la idea de ofrecerle algo a cambio antes de que ella lo exigiera. Podría hacerlo de manera velada, dándole propinas generosas. Tarde o temprano entendería a qué se debían esas propinas. Ese plan podría funcionar, era del estilo de ambos. Aunque, en realidad, Torcuato todavía no sabía bien hasta qué punto confiar en ella. Inocencia tenía la mirada blindada, era inaccesible. Pocas veces dejaba translucir algún sentimiento. Hablar con Inocencia era como manejarse con un manual operativo, sin posibilidad de saber lo que resultaba en ella cualquier tipo de interacción. Era cordial y muy atenta, pero el otro no podía verse reflejado en su expresión. Sus ojos no devolvían nada. Eran dos agujeros negros que todo lo tragaban sin dejar salir nada. Comunicarse con ella era muchas veces una forma tenue de infelicidad. Era un espejo opaco.

Torcuato pensó una vez más en bajarse del colectivo, aunque fuera tarde. La miraba entre las personas que iban de pie, que la tapaban y la descubrían con el movimiento del vehículo; seguía firme en su posición. Sin dudas, había sido una aliada en este tiempo, pero no podía calcular la voluntad que había habido en eso. Barajó la opción de despedirla. Al fin y al cabo, le estaría haciendo un favor si se iba con una indemnización generosa antes de jubilarse. Y, si le pagaba doble indemnización, seguramente entendería el mensaje. Pero lo asaltaban sentimientos de culpa: tal vez la vida de Inocencia era ser quien era en la casa de Beláusteguy. Cómo saber dónde estaban sus preferencias, cuánto de su identidad le estaría arrebatando si le quitaba la casa de la avenida Alvear. Realmente no sabía qué había –o si había algo– más allá de ese rol con el que se había fraguado esta mujer.

Pensó en cuándo sería su turno de abandonar la casa, cuándo la dejaría él, y de qué manera. Podía fingir la muerte de Charlie en alguna situación imposible de encontrar el cadáver o simplemente desaparecer. Ese era el trato con los de arriba. A los efectos de la primera alternativa, simular ahogarse en el lago Nahuel Huapi durante la excursión de pesca con los socios del Jockey podría ser convincente y hasta poético. Mejor poner los problemas en hilera: primero el asunto de Inocencia y luego, cómo salir de la vida de Charlie. Algo le decía que había un reloj en cuenta regresiva y que no podía demorarse mucho más en buscarles una solución a esas dos situaciones.

Cuando el colectivo paró, cerca de la Facultad de Ingeniería, prácticamente se vació. La mujer que estaba sentada a su lado repentinamente volvió a tomar contacto con el tiempo y el espacio y le pidió permiso para pasar. Torcuato se paró, esperó a que la señora pasara con incontables bolsas, y luego se acomodó contra la ventanilla. Quería sumergirse lo más rápido posible en sus pensamientos.

Inocencia se levantó y, con su acción pausada pero segura, caminó los cuatro pasos que separaban su asiento del de Torcuato. Se sentó sin mirarlo, puso la bolsa que traía en el piso y apoyó las manos sobre su falda. Torcuato no respiraba desde que había visto a Inocencia pararse y luego avanzar, paso a paso, con la mirada apagada, por el pasillo del colectivo.

—El día está hermoso para pasear —dijo la mujer.

Torcuato no fue capaz de sacar siquiera un sonido de afirmación. Su pecho se estaba pegando a su columna y sus costillas iban acercándose entre sí, estrujando todo el contenido.

El colectivo iba por Monserrat y el paisaje había cambiado notoriamente. La gente había aprovechado el sol para lavar la ropa y así se veían largas hileras multicolores que, de lejos, eran pintorescas.

Torcuato pensó en su peinado y sus zapatos; con seguridad, Inocencia ya había registrado todo eso. Todas las especulaciones que había estado haciendo sobre cómo salir del paso se desintegraron. Era un motor clavado sin posibilidad de hacer girar sus engranajes. El tiempo se hizo espeso, el aire que los rodeaba se resquebrajó. Inocencia tomó su bolsa y por primera vez giró su cabeza para mirarlo. A Torcuato le pareció que era el movimiento del cuello de una muñeca y que tal vez daría la vuelta completa. Respondió con cordialidad refleja girando la suya.

—Que tenga lindo día, señor.

Se puso de pie y se bajó en San Telmo, por donde estaba la pensión en la que vivía los francos y feriados. Había bajado, como de la nada, una neblina a mitad de la mañana. Torcuato la siguió con la mirada, ella no miró atrás, simplemente avanzó con su andar, que esta vez le pareció resignado. En la cabeza de Torcuato quedó resonando la palabra "señor". No había dicho "señor Beláusteguy", solo "señor" a secas.

QUINCE

Habían llegado a Bariloche el día anterior en un vuelo regular de LADE que hacía escala técnica en la ciudad de Neuquén. El viaje fue tranquilo, en un Vickers Viking, avión que Torcuato conocía de verlo sobrevolar Alta Gracia cuando salían de la base aeronáutica. Sabía que a estos aviones los habían traído de Inglaterra, que eran adaptaciones de un modelo bombardero, el Wellington. Era más veloz que el Douglas DC-3, aunque bastante incómodo. El ruido de los motores había disipado cualquier intento de conversación, por lo que cada uno se dedicó a leer o a dormir. Torcuato había pasado gran parte del vuelo pensando. La visita a lo de los padres de Ana Laura le había dejado una sensación extraña que no podía describir. Los había encontrado algo más deteriorados de lo que hubiera pensado. Parecían más pequeños, tenían los hombros en posición adelantada y casi siempre miraban el piso o algo debajo de ellos. Tenían la piel frágil, seca, y había menos carne entre esta y los huesos. La madre había hecho ravioles caseros de seso y espinaca con un estofado que había resistido por horas la cocción. Ninguno había hablado demasiado durante la visita, estaban absolutamente compenetrados con la tarea de cumplir con rigor las rutinas. De hecho, había sido un acierto llegar temprano, porque aparentemente habría sido terrible no almorzar a las doce treinta. La mujer había dejado el relleno de los ravioles en la heladera la noche anterior. Para ello, el hombre se había ocupado de acomodar las barras de hielo de manera que enfriaran, pero no congelaran, el relleno. Durante la mañana ella se había dedicado a hacer la masa y luego a armar los ravioles. En paralelo, la carne para el estofado que un día antes había ido a comprar el padre de Ana Laura, seguía todo el ritual desde la cacerola. El hombre había dedicado la mañana a cortar el pasto y a fumigar el limonero. Lourdes había barrido la vereda y acondicionado el comedor. También había ido a la verdulería a comprar duraznos para el postre y a contarles a las vecinas, en especial a la sirupítica de la casa de enfrente, que el novio de su hermana, una eminencia de la física, iría a almorzar. Apenas llegó Torcuato, luego de caminar varias cuadras al rayo del sol, Lourdes le ofreció un vermut con aceitunas y en seguida pasaron a la mesa. Ninguno de los temas que hablaron durante el almuerzo lo incomodó. Al contrario, tuvo una sensación de vuelta a casa, por momentos. Lourdes volvió a remarcar que se lo veía mejor que hacía un año; a Torcuato lo recorrió una sensación absurda de celos por esa armadura que había tomado prestada y parecía mejor que la propia. Los padres de Ana Laura no le dieron importancia al comentario de Lourdes y siguieron pasándole el pan al plato. Se podría decir que estaban contentos de verlo, aunque la impresión era que la conexión fallaba, que estaban en una especie de simbiosis entre ellos y con su casa, que todo lo demás quedaba reducido a la categoría de visitante fugaz de su pequeño mundo.

Torcuato bajó del avión de la mano de Concepción todavía envuelto en sus pensamientos. El viento fuerte lo despabiló. Del aeropuerto de Bariloche al Llao Llao tenían casi dos horas de viaje durante las que se volvió a meter en su cabeza. Apenas llegaron al hotel, los hombres coordinaron con un guía de pesca la excursión del día siguiente. Las mujeres pasearon por todo el hotel prestando atención a cada detalle de la decoración, que incluía tapices, pieles de ciervo, alfombras con motivos alpinos, adornos de madera y acuarelas de la flora y la fauna locales.

Al día siguiente, bien temprano, los hombres —munidos de *whisky*— estaban prestos a flotar en el Limay. Torcuato había visto este programa desde la otra orilla decenas de veces. Al menos sabía encarnar, pero los demás habían llevado cucharas de varios tamaños, algunas con colores. Antes de partir se tomaron una foto bastante solemne con el guía y unos perros, todos mostrando cañas y demás enseres. Eliseo Anchorena se afiló el bigote con ambas manos, todos aguantaron la respiración y entraron panza.

La balsa recorría el Valle Encantado copiando los caprichos del agua, agua turquesa que se arremolinaba en distintos recovecos llevándose hojas y palitos en ondulaciones hipnóticas.

De vez en cuando, solos o en manadas, se veían guanacos que, apostados en lo alto de alguna roca, estudiaban a los forasteros. Las truchas no picaban y los hombres discutían acerca de cucharas y técnicas cada vez con más vehemencia. Era obvia la competencia a todo nivel que existía entre Eliseo y Santiago Murphy. Se medían constantemente; en ese momento ambos habían sacado sus moscas para intentar pescar en un remanso. Torcuato encarnó con unas lombrices que había recogido mientras esperaban la balsa y allá fue su anzuelo tramposo en busca de efectividad. Cuando anunció que había picado todos fueron a su lado y estuvieron a punto de dar vuelta la balsa. El guía actuó rápidamente y acomodó a los hombres de manera de poder presenciar la primera pesca sin correr riesgos de terminar helados en el río. Torcuato alzó la línea sin mediar ningún tipo de técnica, cosa que restó puntos a la *performance* frente a sus compañeros, quienes eran entusiastas de diversas teorías sobre la manera de recoger la línea y traer el pescado.

—Yo digo que no pasa los dos kilos —dijo Eliseo, un poco deseándolo.

Luego de luchar por unos minutos, la trucha salió del agua. A ojo pesaba más de tres kilos. Los hombres aplaudieron y palmearon a Torcuato hasta que uno de ellos exclamó con voz escandalizada.

—¡Pero le pusiste carnada al anzuelo, Charlie!

Los demás quedaron petrificados. Qué pasaba por la cabeza de Charlie para hacer tal cosa, se preguntaban. Miraron al guía con vergüenza indisimulable, no sabían qué decir, cómo excusarlo. A Torcuato no se le movió un pelo.

El día continuó con sus ondulaciones, a veces Torcuato se conectaba con la escena y otras iba sumergido en sí mismo. Tenía demasiados temas abiertos que disputaban su atención. Uno de ellos, Inocencia. Todo el episodio del colectivo lo tenía intrigado. Por momentos lo interpretaba como un acuerdo de no agresión entre el ama de llaves que prefería el *statu quo* y su patrón, pero en otros especulaba con que podría hablar con la familia de Charlie, denunciarlo, incluso envenenarlo. Al día siguiente del encuentro en el colectivo casi no la había visto en la casa, porque él salió temprano y volvió tarde. Lo único que lo extrañó fue cuando ella le preguntó si ya no le gustaba más la mermelada de naranja mientras untaba la tostada del desayuno con manteca. Era evidente que a Charlie le encantaba. *La mermelada de naranja es terrible, porque genera pasión o rechazo, no acepta términos medios*, pensó Torcuato.

El día resultó más largo de lo que esperaba. El sol había estado bravo y la combinación con el *whisky* había hecho estragos en él. Varias veces Torcuato había considerado simular una caída en un rápido del río y así escapar de esa vida. Pero no pudo tomar coraje. Prefería llegar al hotel y recomponerse antes de retomar su vida; o dejarla, o lo que fuere.

Cuando regresaron por la tarde, más que borrachos estaban deshidratados, y esa sensación extraña que los había acompañado durante la tarde se fue mientras tomaban litros de agua y soda. Recobrada la conciencia, a Torcuato le pareció que había pasado el día en un viaje onírico.

Antes de comer, se encontraron en el *lobby* a tomar un copetín. Entre los *snacks* había tortilla de papas fría cortada en cuadraditos, algo muy parecido a la felicidad, según Torcuato. Los hombres estaban distendidos, aunque también un poco desconcertados con ciertas actitudes de Charlie, como la de la carnada en el anzuelo.

Torcuato quería saber detalles sobre la visita a la escuela y, si bien le preguntó a Concepción de todas las formas que pudo, fue muy poco lo que recuperó. En un rapto de lucidez decidió que tenía que llamar a Ana Laura y, sin decir nada, se levantó y fue a la recepción por un teléfono.

Primero habló con la señora Gertrudis, a quien no le reveló su identidad. Es más, fingió una tonada porteña que le salió algo sobreactuada, especialmente en las eses. La señora Gertrudis quedó prendada por el misterio del porteño que la llamaba a Ana Laura.

—Hola, Ana Laura, querida… ¿Cómo estás?

—Hola, Torcuato. Qué sorpresa este llamado.

—Es que estoy en Bariloche, palomita. Pero estoy complicado.

—¿Qué quiere decir eso?

—Que tenemos que arreglar para que te deje unos paquetes que te mandan tus padres; estuve con ellos, también con tu hermana. Te decía: te tengo que dejar estos paquetes, pero no sé si podremos vernos.

—¿Qué pasa, Torcuato? Hablame con la verdad, ¿estás en peligro?

Torcuato emitió una serie de resoplidos y suspiros, tartamudeó y se aclaró la garganta.

—Sí, palomita, me viene siguiendo una mafia. No te puedo contar por acá, no sé si es segura la línea.

Esto último lo dijo saboreándolo especialmente, siempre había querido decir "no sé si es segura la línea".

—Yo sabía que algo raro pasaba. Oíme: ¿cómo te puedo ayudar?

—Con la discreción, querida mía, siempre con la discreción.

La conversación no duró mucho más. Cuando cortó el teléfono, Gertrudis aún la miraba desde el *living* de la pensión. Ana Laura la miró mal, tal vez pensando que la vieja alemana era una espía. Más tarde escribió en su diario sobre el episodio y lo valiente que era Torcuato al enfrentarse a todo esto solo. El agregado de mafias, espías y cierto peligro ponía a Torcuato en un lugar mucho más atractivo.

Volvió satisfecho a los sillones de la sala principal, donde ya se habían pedido un coloradito. Él se pidió uno, acompañado de papas fritas, y se acopló a la conversación para seguir impresionando a las mujeres con los cuentos del día de pesca.

—Me parecen regios estos apliques de astas de ciervo; son parecidos a unos que hay en los pasillos del hotel —comentó Concepción en la habitación sosteniendo el regalo que la Escuela Nº16 les había hecho a las damas del Jockey en agradecimiento por la donación—. Creo que los voy a poner en el campo, ahí van a quedar estupendos. Bien a la vista de todos, para que hagan el chistecito idiota de los cuernos —y largó una carcajada aparatosa, de esas que a ella le encantaba escuchar y que la liberaban de todo; era casi una forma de gritar, de exorcizarse y, por sobre todas las cosas, una forma de esconder sus inseguridades.

Torcuato levantó la vista de la revista que estaba hojeando para mirar los apliques. Imaginó la discusión que habrían suscitado entre los miembros de la cooperadora; si tenía sentido o no regalárselos a estas damas, si los pondrían en sus casas, si no era mejor regalarles productos ahumados. En lo que seguro no habían pensado era en si sería ofensivo para una mujer que le regalasen algo hecho de cuernos. En realidad eran astas, que no son cuernos, pero a los fines simbólicos es prácticamente lo mismo. No descartaba que hubiera sido Ana Laura la de la idea. Los apliques eran elegantes y a la moda, y tal vez la única con esa perspectiva en la escuela fuera ella. Además, la directora confiaba mucho en su criterio. Nadie hubiera pensado en ese chascarrillo que era para Ana Laura regalarles cuernos a las damas del Jockey.

Torcuato le pidió a Concepción que le contara cómo había sido la visita a la escuela.

—Estás aburrido o te golpeaste la cabeza, Charlie. Nunca hubiera dicho que te interesaran las actividades de las damas.

—Soy un hombre nuevo, Concepción —le dijo en tono de broma.

Concepción le contó que habían llegado a la escuela a las diez y media de la mañana en un Land Rover –detalle que Torcuato preguntó por pura curiosidad–, escoltadas por un rastrojero cargado de libros y material didáctico, y que las había recibido la directora junto con una maestra. Los chicos estaban formados en el patio de la escuela; la mañana estaba fría y con sol. Cuando las mujeres entraron, los chicos cantaron el himno a Sarmiento, que sonó un poco anémico porque no eran tantos los chicos y además el frío les entumecía las cuerdas vocales. Concepción le contó que ella quería liquidar el asunto rápidamente, que otras dos señoras estaban a la deriva, y que Dolores Estrada y Trinidad Elizalde pretendían que todo el cuento de la donación quedara en los anales para su elevación a los cielos, por lo que hacían todo a paso de vía crucis. Luego de visitar las aulas, el comedor y la biblioteca, la comitiva se reunió en la sala de maestras. Habían preparado chocolate caliente y budines con salsa de frambuesa.

—Yo ya me quería ir, el día estaba espléndido. Pero la maestra que estaba con la directora leyó una carta de agradecimiento. Me llamó la atención esa maestra, fue original. En la carta resaltó el rol de la educación para igualar oportunidades. Y te digo que estaba escrita con muy buen gusto, nada de frases hechas.

Torcuato de inmediato pensó que la maestra no podía ser otra que Ana Laura.

—Pero, como a Dolores y Trinidad no les puede faltar ocasión para andar chupando cirios, propusieron hacer una oración a Nuestra Señora del Nahuel Huapi. La directora miró a la maestra, esta que te digo que debe de ser su mano derecha, y todos nos sentimos algo incómodos. La maestra miró al piso, Teodelina y María del Carmen, que están todo el día de rebaño de Dolores y Trinidad, miraron a la ventana y juntaron sus manos, yo miré a las santurronas que miraron al techo como si estuvieran en la capilla Sixtina —y ahí Concepción alzó la mirada batiendo las pestañas, cosa que a Torcuato le hizo mucha gracia—, se persignaron, entrecerraron los ojos así, como mujeres piadosas —otra dramatización de Concepción—, sacaron de entre sus puntillas los rosarios de cristal de roca y, sin esperar el visto bueno, arrancaron con el Ave María. Tendrías que haber estado ahí, Charlie, la entonación con la que rezaban, Dios mío, era una exhortación, parecía que si no te unías a la convocatoria te ibas derecho a que el diablo te braseara en las llamas del infierno.

Torcuato iba alimentando la puesta en escena de Concepción a base de risas, cerrando los ojos y negando con la cabeza, aprobando la impresión que le causaban a ella estas mujeres en acción. Al ver el éxito que resultaba el relato, siguió:

—Como si fuera poco, para que no queden dudas de que Cristo le gana a Sarmiento, Dolores dijo unas palabras y habló de la piedad y la penitencia permanente.

Se rieron a carcajadas. En esa habitación con olor a lenga y vista al lago se rieron mirándose a los ojos, cómplices y relajados, disfrutando del momento, algo que hizo cruzar cierto umbral.

—Y la maestra esta que decís, ¿qué hacía?

A Concepción le había llamado la atención Ana Laura y le contó a Torcuato que había alcanzado a ver que en su cartera estaba la revista *Sur* y que había sido ella quien explicó que los apliques estaban hechos con astas de ciervo colorado, que se caen naturalmente luego del período de brama y que Alejandro Bustillo las había usado mucho en sus proyectos.

—Yo estoy encantada con la obra de Bustillo. Solo conocía la casa de Victoria Ocampo y ya me parecía excepcional. Pero esto, todo esto, el hotel, las iglesias, el centro, un nuevo estilo con tanta personalidad y coherencia, estoy fascinada. Entonces le pregunté a la maestra si conocía la casa de Victoria Ocampo en Beccar. Claro que no la conocía y se declaró admiradora de Victoria. Le dije que cuando fuera a Buenos Aires me llamara, a ver si puedo llevarla, y le di mi tarjeta.

—¿En serio? —dijo Torcuato sin poder disimular cómo se atropellaban en su expresión todas las posibilidades.

—Ay, Charlie, yo sé que soy un poco venenosa, pero tengo un buen corazón, me hacés sentir mal con tanta sorpresa. —Tomó el aplique y siguió—: "En una casa de campo quedará muy bien este aplique", dije en la sala de maestros. "En algún lugar donde las visitas maliciosas lo vean, para que comenten; nadie se va romo de esta vida", y largué tal carcajada que Dolores y Trinidad quedaron al borde del desmayo —volvió a reírse con desparpajo y acotó—: Cómo les molesta que me haya inspirado en Katharine Hepburn en Aspen para vestirme en este viaje, pobres, no tienen la mínima noción de estilo. Solo se visten de verde musgo y marrón, pareciera que se compran la ropa en los rezagos militares. Ay, me va a hacer mal tanta maldad, mejor paro —y aunque no siguió hablando se reía sola de lo que seguía pensando.

Torcuato no había escuchado la última parte. Había quedado de cama con la interacción entre Ana Laura y Concepción. Tenía frentes abiertos por todos lados y parecía que no paraban de sumarse. Lo que estaba totalmente desconectado dejaba de estarlo. Era difícil de explicar. Tal vez era él; su presencia cabalgando entre dos mundos acercaba estos. Un pie en cada vida hacía que empezaran a acercarse. Sin proponérselo, funcionaba como un puente, una especie de arco voltaico que unía dos electrodos, dos mundos con una diferencia de potencial, sin importar qué hiciera por separarlas. Ahora nada era aislado, todo de alguna manera formaba parte de un sistema, un sistema complejo en el que cualquier cambio repercutía en todo el sistema, un sistema hecho y derecho, un sistema que extendía sus tentáculos y que difícilmente podría controlar.

DIECISÉIS

Hubiera preferido no estar en esa balsa tan temprano. A esa hora, el valle por donde corría el río Manso inferior era pura sombra. Todos se animaban con *whisky* y con la promesa de que al final del recorrido un asado con cuero crujiente los esperaría.

En el invierno había habido buena nieve y luego, en octubre, abundantes lluvias, por lo que el río estaba caudaloso. El guía les dijo que el tramo del río que iban a hacer era tranquilo, pero que no descartaba que hubiera sectores bravos y que alguien pudiera caer al agua. Explicó qué hacer en tal caso y les aconsejó que dejaran las botas en la camioneta, que era mejor ir descalzos. Para Santiago Murphy, vestido íntegramente de verde militar, la perspectiva de aventura era una excelente noticia. En cambio, Eliseo Anchorena pensaba en cómo boicotear el plan mientras se afilaba los bigotes sin control. A Torcuato la contienda entre los dos personajes le resultaba adictiva. Antes de subir a la balsa Santiago propuso revisar a Torcuato para ver si tenía escondida carnada viva, y que si tenía lo iban a deportar a la laguna de Chascomús. Todos se rieron menos Torcuato.

Las mujeres decidieron ir a pie hasta la capilla de San Eduardo. Trinidad y Dolores hablaban sin parar de una beneficencia que habían organizado las damas sanmartinianas en la que, según ellas, todo había fracasado. Solo se callaron cuando entraron en deuda de oxígeno mientras subían la barranca para llegar a la capilla.

—Qué lugar extraordinario para una ceremonia, ¿verdad?

—Ay, Concepción, mirá si lograras convencerlo a Charlie de casarse y lo hicieran acá, ahora.

—Primero me tendrían que convencer a mí —repuso Concepción sin detener su marcha hacia el altar.

El noviazgo casi concubinato de Charlie y Concepción incomodaba a todos, especialmente a Trinidad y a Dolores, que habían puesto sus reparos en compartir el viaje con ellos. Finalmente, sus maridos les habían dicho que si no estaban de acuerdo con la situación sentimental de Charlie bien podían quedarse en Buenos Aires y así decidieron dejar de lado sus cuestionamientos. Por otro lado, ambas sabían medir a sus rivales y Concepción no era un adversario conveniente.

Luego fueron caminando hasta el Centro Cívico. Cumplieron con las paradas obligadas, donde se tomaron fotos. Comieron en un restaurante que parecía más una cantina, pero como todas tenían hambre ninguna lo objetó. Aunque la carta tenía pocos platos les habían recomendado mucho la comida de montaña que ahí servían; pidieron *strogonoff* con *spätzle* y aceptaron el vino de la casa, lo cual fue un error supino. El vino de la casa era una bebida demoníaca que en unos veinte minutos las hizo descender al averno, decirse unas cuantas verdades que olvidaron oportunamente y volver a la corteza terrestre con las arterias cerebrales encharcadas, pidiendo a gritos una siesta reparadora.

Por la tarde, cuando todos se reunieron en el *living* del hotel, acordaron hacer la subida al cerro Tronador al día siguiente. Dolores, anegada de un sentimiento de angustia por lo que percibió como una falta de consideración del grupo hacia ella, rápidamente consultó al conserje sobre cuánto ejercicio físico involucraba llegar al refugio. Difícilmente sus rodillas podrían soportar el peso de su cuerpo. El hombre le aseguró que el camino no era bueno, pero que podía hacerse en un vehículo con doble tracción y que era verdaderamente poco lo que debería caminar. Dolores volvió con menos cara de ofendida de la recepción.

—Charlie, estoy muy extrañado de que hayan pasado dos días y todavía no hayas propuesto ir a la *boîte*, ¿te sentís bien?

—Debe de ser porque vino con la patrona.

Entonces Torcuato nombró un par de lugares que recordaba que eran muy mencionados, pero a los que jamás había ido.

—¿Un jueves estará abierto?

—Sí, *madame*. En Bariloche uno puede ir a bailar todos los días.

Era definitivamente una ciudad distinta a otras del interior del país. No hubiera sido extraño encontrarse con personajes de Hollywood en situaciones clandestinas, escapando de las miradas en los confines del planeta.

Comieron en un sector del salón principal acompañados de otras pocas mesas con turistas norteamericanos. Los ventanales soportaban un viento que venía de a ráfagas desde el Nahuel Huapi. Cuando terminaron, Torcuato miró a Concepción y le hizo un gesto para irse. La intimidad con ella había mejorado mucho, ya no se sentía amenazado, intimidado o superado. El episodio del día anterior entre Concepción y Ana Laura, que lo había tenido atragantado durante algunas horas, ya no le importaba demasiado. De alguna manera, iba comprendiendo que tratar de tener todos los hilos en la mano no solo era muy difícil, sino que además a veces empeoraba las cosas. Caminaron por los pasillos en silencio, escuchando la madera crujir debajo de cada paso. Observaron una vez más a los pájaros embalsamados encerrados en cajas de cristal. Un radiador hacía ruido y su sonido acuático combinaba de una manera extraña con la turbulencia que se sentía fuera; una melodía incómoda que se podía disfrutar en ese lugar de nadie. Torcuato aprovechó cada espejo de los pasillos para mirar a la dupla. Concepción era una mujer de un encanto verdaderamente especial. Cuando hablaba sus manos marcaban el pulso de la conversación y sus ademanes subían por los brazos hasta el cuello, desde donde los músculos trepaban con mucha gracia hasta la mandíbula. La manera de acomodarse el pelo y gesticular, sus movimientos en general, todo era elegante en ella; una elegancia que de ninguna manera la alejaba de los demás, sino que, paradójicamente, atraía a las personas. Daba pasos largos, ininterrumpidos, ritmados; apoyaba el talón sin hacer ruido. Parecía que nunca tenía prisa y que casi no tocaba el piso. Había algo alrededor de ella, cierta energía que la convertía en alguien a quien los demás siempre prestaban atención.

Ya en la habitación, la miró mientras se desvestía, capa tras capa de ropa, y luego mientras se ponía un camisón de seda color borravino con encaje negro. Era lánguida, de una languidez parecida a un campo sembrado de trigo que se ondula con el viento.

—Si mañana no mato a Dolores y a Trinidad, me gustaría que se me recuerde como una mártir.

—¿Qué pasó, cachorra?

No era la primera vez que Torcuato le decía "cachorra", y Concepción todavía no había admitido lo mucho que le gustaba que la llamara así.

—Lo que pasa siempre con estas santurronas: son hartantes.

Torcuato se tiró en la cama y siguió el ritual de Concepción, que incluía varios pasos hasta que finalmente se acomodaba junto a él. Se ponía una vincha lila y se cepillaba los dientes. Luego se quitaba el maquillaje y se ponía un tónico facial dándose palmaditas. Usaba una crema para el contorno de ojos y otra, solamente a la noche, para la cara. Tenía otra crema para el cuello que a veces olvidaba ponerse. Por último, se cepillaba el pelo alrededor de cinco minutos. Luego iba al baño y hacía otras cosas de las que Torcuato no tenía idea. Ordenaba todo el cuarto, cerraba las puertas de los placares, chequeaba que las cortinas estuvieran bien cerradas y controlaba que los radiadores estuvieran a la temperatura justa. Todo esto lo hacía con movimientos lentos pero efectivos. Torcuato la miraba y pensaba que era una especie de danza contemporánea, una coreografía que se combinaba con los ruiditos que iba haciendo por acá y por allá, que eran pocos, muy discretos, muy minimalista todo. Era como un elfo del bosque, solo que un poco más malicioso.

—Mañana me gustaría que fuéramos juntos a comprar unos chocolates.

—Creo que mañana vamos a terminar tarde, no sé si haré a tiempo, viste cómo es, siempre nos demoramos por una cosa o por otra.

—Vos siempre tan dispuesto, querido.

La mirada de Concepción no podía contener todo lo que tenía para reprocharle y Torcuato lo notó. Supo que ella, en esos pedidos triviales, le estaba pidiendo otras cosas, que hacía rato que tenía la ilusión de formalizar y que su orgullo la tenía amordazada.

Sabía que ella lo acusaba silenciosamente de estar huyendo todo el tiempo. Torcuato pensó que ya no sabía si huía de algo, huía de todo o huía sin saber de qué. Tampoco sabía detrás de qué estaba. Antes lo sabía, lo tenía claro, pero ahora no tanto. Y eso era mucho peor. Se aferraba y huía de ambas vidas, rebotaba entre ellas, era querer estar en una y luego salir como una tromba hacia la otra. Cuando sentía que estaba a gusto, no pasaba mucho hasta sentir que no, que esa ya no era su vida. Quería reunirse con las personas y huir de ellas en las dos vidas con la misma intensidad. Con la misma repulsión. Había creado una especie de corralito vacío entre las dos vidas en el que todo el tiempo quería estar, pero que, lejos de darle serenidad, lo llenaba de desasosiego.

—¿Cuándo vamos a estar juntos de verdad?

—Estamos. "La única verdad es la realidad".

—Entonces pongamos fecha.

—Nuestro amor no vence, cachorra.

—Yo voy a vencer, y no lo digo porque me pudra, sino porque voy a ganar.

Concepción exhaló una carcajada, de esas que le gustaba echar cuando le causaba gracia algo que se le había ocurrido, como si ella fuera espectadora de lo que su mente elaboraba. Torcuato sintió alivio de poder zafar de la espada. La miró mientras se reía. Abría la boca grande y de ahí salía una catarata de emociones recortadas. Se reía con todo el cuerpo, mirando el techo, como alcanzando el éxtasis. Le dio un beso. Labio con labio solamente. Luego la abrazó y sintió cómo ella se desarmaba poco a poco. Le acarició la espalda, subiendo vértebra por vértebra, y la tomó por la nuca. Le sacó una bandita elástica con la que tenía atado el pelo y jugó un poco con él. Metía sus dedos desde el cuero cabelludo y luego los deslizaba río abajo. Recorrió su cráneo; era pequeño y filoso. Que le tocaran la cabeza la hacía vulnerable, ahora era una cazadora cazada. Le corrió los breteles del camisón de seda bajándolos por los hombros. Concepción había bajado la guardia y estaba trémula, vibraba con cada forma de tocar su piel. Acarició sus clavículas y deslizó sus dedos por el pecho para recorrer todo el camino hasta su pelvis. El camisón bajó por su cintura y luego se perdió entre las sábanas. Lamió su ombligo. La bombacha se la sacó ella, mientras Torcuato, apurado, hizo desaparecer lo que llevaba puesto.

Torcuato ya no era Torcuato ni Charlie ni el híbrido. Concepción ya no era Concepción. Habían dejado de ser, al menos por un rato.

El viento de la noche había corrido las nubes hacia el Sur y a las diez de la mañana todo el grupo estaba listo esperando en el *lobby* del hotel. A Estrada le molestaba que su mujer llevara cartera a una excursión agreste, pero Dolores no daba el brazo a torcer alegando que llevaba cosas que necesitaba. Estrada resoplaba y los epítetos iban desde "bichito urbano que no sabe ubicarse" hasta "seguro que llevás sándwiches escondidos". Dolores, impertérrita, miraba hacia la entrada del hotel, ignorándolo.

Cuando llegaron los dos Land Rover, el grupo salió al aire gélido.

—Damas en esta, caballeros en la de atrás —organizó Estrada.

—¿Por qué vamos a ir separados? —se adelantó Concepción.

—Ustedes van hablando de sus cosas y nosotros, de las nuestras.

—Ustedes ya no saben de qué hablar. Además, a ustedes les divierte escuchar de nuestras cosas.

—El silencio es salud, mi querida Concepción.

—Si es por salud, sepa, don Estrada, que un hombre vive más y mejor al lado de una mujer. Ya hicimos muchos programas por separado: yo voy con Charlie.

Estrada lo miró a Torcuato para ver si llamaba al orden a su mujercita. Pero, lejos de eso, Torcuato puso cara de bien suntuario. Las demás mujeres adhirieron a la postura de Concepción, un poco porque ya no se aguantaban y otro poco por un tímido orgullo femenino. No se dijo nada más y subieron a los vehículos con sus respectivas mujeres: Torcuato y Concepción con los Murphy en la primera camioneta y los otros tres matrimonios en la de atrás. Los primeros kilómetros los hicieron callados, luego las parejas empezaron a hacerse algunos comentarios.

—Voy a perder los riñones en esta camioneta, qué dura es. Y qué ruido hace. Está un poco destartalada —dijo Dolores.

—Estas Land Rover nacen destartaladas; son como los orientales: no se les puede calcular la edad.

Los hombres se rieron, a las mujeres no les pareció muy gracioso.

Cuando llegaron a Pampa Linda, no hubo que hacer pedidos ni dar explicaciones; los vehículos se detuvieron y todos bajaron a admirar el recorte del Tronador contra el cielo diáfano. La vista era de una belleza tal que todos callaron. Había una pradera cubierta de margaritas, lupinos, algunas amancay recién empezando a florecer y una variedad infinita de flores silvestres diminutas. El paisaje estaba saturado de colores, era como un shock visual para el que se precisaba cierto tiempo de asimilación. Al rato empezaron a andar, a tomarse fotos, a explorar. Torcuato se fue para el lado de un río de poco caudal sobre el cual había un puente muy precario. El agua venía del deshielo de los glaciares del Tronador y seguía su curso hasta encontrarse con el río Manso. Era de un color turquesa intenso y avanzaba rápido pero sin atolondrarse. Torcuato probó poner un pie en la primera tabla del puente y la madera se desintegró. Observó cómo los pedazos de madera podrida flotaban río abajo. Pensó en que esta podría ser su oportunidad de desaparecer. El grupo estaba a unos trescientos metros, lo cual permitía que fueran testigos pero que no pudieran hacer demasiado para ayudar, si es que alguno se planteaba tirarse a un río helado por él. Tomó una rama que había en el suelo y verificó que el río no fuera muy profundo; en ese lugar tenía alrededor de un metro y medio. Volvió a meter la mano en el agua y trató de pensar cuál sería la sensación de sumergirse en esa temperatura. Probablemente se sentiría como miles de agujas clavándose en su cuerpo y el corazón a ritmo frenético tratando de detener la avalancha de frío. Pensó que era solo cuestión de aguantar el agua, de la cual incluso podría salir en algún momento a descansar y seguir de a pie. Si sus cálculos no fallaban, al llegar al río Manso tendría que caminar por la orilla unas horas y luego aparecería en Chile. Allí podría pedir ayuda para ir a Puerto Montt, Osorno o donde fuera que hubiere un consulado argentino, y luego iniciar los trámites para volver como

Torcuato Solás. El tema era los tiempos que le demandaría esta pequeña aventura, si podría soportar las temperaturas, la falta de abrigo y comida hasta llegar a Chile para contar una versión desgraciada de su historia. También tenía que considerar que, si bien sus amigos no se tirarían al río, era probable que tuvieran la suficiente influencia para activar todo tipo de fuerzas de seguridad para buscarlo. Se agachó para sentir el agua una vez más; le dolieron los huesos de los dedos. Se preguntó si esta era realmente una oportunidad, si se le estaría acabando un plazo para cumplir con lo prometido, si podría haber represalias por estarse tanto tiempo en la piel y la vida de otro, si esto no redundaría en un pasaje directo al infierno. Fantaseó con la idea de sumergirse en el río y encontrarse con la barcaza de Caronte; incluso le pareció que podría ser un signo. Solo tenía que intentar cruzar el puente y el resto sucedería solo; era inevitable que se partiera y que él terminara flotando. Era un poco de coraje lo que necesitaba. De coraje y de voluntad, porque en realidad lo que más precisaba era voluntad para decidirse a abandonar la vida de Charlie. Una vida que le había tocado en suerte por capricho del destino, a la que se había resistido en un principio y con la que se había ido familiarizando luego. En verdad, no estaba seguro de dar el paso. Ya no sabía bien qué quería; había quedado en un limbo abrumador. La confusión total, el peor de los estados; quizá, un estado peor que la muerte. Tal vez debía refundarse. Llegar a Chile y ser alguien distinto podría ser una opción. *No hay dos sin tres*, se dijo. Podría empezar de cero, elegir todo de nuevo, dejar atrás los lazos débiles que lo unían a las personas de su vida. Probó una vez más la madera del puente y se volvió a romper. No soportaría su peso ni dos segundos. De algún lugar, que no pudo precisar, apareció un perro. Torcuato, que estaba totalmente ensimismado en su plan vital, se asustó un poco al verlo. El perro era flaco, de pelo grueso y duro, color tostado. Tenía la cola rala. No parecía el típico perro de montaña, porque no era muy corpulento, tampoco muy peludo, aunque seguramente venía de varias generaciones de perros que se las arreglaban solos, con dueños erráticos, en este lugar. El perro bostezó y se sentó ocupando el mínimo espacio, apoyando solo lo indispensable en el pasto helado, estrechando hombros y caderas, como en una manera austera de sentarse. Tenía una barbita clara en el mentón, de perro viejo. Lo miró a Torcuato a los ojos, con las orejas caídas.

—¿Y vos qué hacés acá?

El perro no hizo nada, lo miraba.

Todo el plan de Torcuato parecía caerse a pedazos por esta aparición, insólita y esperable a la vez. Inexplicablemente lo inhibía. Qué quería decir este perro salido de la nada que venía a observar cómo Torcuato se cambiaba de vida.

—¿Sos parca vos?

El perro volvió a bostezar y estiró las manos hacia adelante quedando recostado sobre el pasto. Por qué tenía que estar el perro ahí con él, si podía ir donde estaba todo el grupo. El perro dejó de mirarlo y se puso a ver el agua correr. Tenía algunos lunares con pelos más largos y callos negros por todos lados. Torcuato pensó si el perro se tiraría al río detrás de él. El perro volvió a mirarlo y, por un momento, Torcuato sintió que el perro estaba a punto de hablarle, cosa que empeoraría del todo las cosas. Si el perro le hablaba, sea lo que fuera que le dijese, tendría que darse por perdido. Rogó para que el perro no le hablara, entonces. La tensión se mantuvo todo el tiempo que el perro, desvergonzadamente, le sostuvo la mirada. Unas cotorras que estaban en los árboles por encima de ellos empezaron a agitarse y ambos las miraron. Qué animalito rústico la cotorra: siempre había cotorras, no importaba dónde estuviere. Estas le hicieron recordar la hora de la siesta en Alta Gracia. De alguna manera se sintió aliviado por la interrupción de los pájaros. Todavía aturdido por sus especulaciones, caminó hacia el grupo. El perro no lo siguió, solo miró cómo se iba caminando.

Se subieron a las camionetas y siguieron viaje. Pasaron por los ventisqueros negros y el guía explicó que el Tronador era un volcán y que se consideraba aún en actividad. Torcuato iba prestando atención cada tanto. Había quedado perturbado con la experiencia en el río con el perro y aún más con la idea de no haber podido tomar una decisión. Estaba tan despojado de todo que nada le hacía peso para ningún lado. Ni siquiera su tan amada profesión de físico, construida con tanto sacrificio y esmero. Ya no podía escucharse.

Cuando los vehículos se detuvieron, el guía explicó que había un sendero con bastante pendiente que se podía recorrer. Dolores lanzó una mirada agónica a Trinidad, quien la interpretó de inmediato y ofreció quedarse con ella para hacerle compañía. Los demás emprendieron la caminata.

Torcuato recordó que aún tenía por resolver cómo entregarle el paquete a Ana Laura. Lo natural hubiera sido llevárselo, pero la verdad es que empezaba a sentir cierta bancarrota emocional. No le sobraba nada. No podía asumir el riesgo de verla, eso que le provocaría. No por ahora. Todo el encuentro con sus padres y su hermana lo había dejado exhausto, anímicamente exhausto, con la sensación de que era más lo que se estaba jugando a escondidas de su conciencia, en algún lugar que su mente se guardaba para sí. No sabía siquiera dónde estaba la punta del ovillo de todo aquello que se iba enrollando. Enumeró una serie de razones —excusas— de orden práctico-táctico y decidió no verla. Era mejor asumirse en retirada, no desgastar soldados y rearmarse en la retaguardia. Arreglaría con el conserje del hotel alguna forma de entrega, como cualquier caballero escurridizo haría. La balanza, que no lograba detener su movimiento, se inclinaba por Charlie.

DIECISIETE

Antes de salir, se fijó en la dirección que decía el remitente. Nunca había ido a San Isidro. El Club de Automóviles Sport quedaba sobre la calle Martín y Omar, a unas cuadras de la estación del tren, y Charlie era socio. Seguramente era un socio bastante querido, porque se habían tomado el trabajo de mandarle una carta en la que lo invitaban especialmente a él a participar de una noche sobre los próximos 1000 Km de Buenos Aires. Al leerla, a Torcuato lo invadió la angustia de recordar el nombre del piloto que le habían recomendado para compartir el volante en la carrera: Torcuato Salas.

—Señor, le dejé las llaves del auto sobre su escritorio. Buenas noches.

Torcuato presintió que Inocencia le quería decir algo pero no fue hasta que encontró las llaves que entendió. Por suerte no había preguntado ni hecho ningún comentario, porque el mensaje era a prueba de bobos. Tomó las llaves, que tenían un llavero de metal con el *cavallino* rampante, a las que sin duda Inocencia había agregado un segundo llavero de cartón fino color natural escrito en birome. De un lado, había anotado una dirección que quedaba a la vuelta de la casa donde estaba, y del otro, Ferrari azul. *Yo no sé si esta tipa me quiere ayudar o si juega conmigo como un gato con un ratón*, pensó Torcuato.

Caminó intrigado la cuadra y media que lo separaba de la dirección que le había apuntado. ¿Qué pensaría Inocencia de él? ¿Que era un impostor? ¿Un impostor con el mismo cuerpo que su patrón? ¿Un titiritero? La verdadera historia era inimaginable y lo desvelaba saber la versión que se habría armado Inocencia de todo esto.

Al poner las llaves en el bolsillo del saco, notó que había algo ahí. *El pasado siempre está en los bolsillos*, pensó. Era un peine chico de plata, o plateado, con las iniciales CH.B. grabadas en letra inglesa. Era de esos objetos que por su nobleza y por ser tan estéticos probablemente vivirían tanto como el mundo. Torcuato lo tomó con ambas manos y se detuvo debajo de un farol a observarlo. La luz fría se reflejaba en el peine, que multiplicaba los destellos en nostalgia. Parecía algún regalo de la infancia, porque era un peine chico y redondeado, con el pulido gastado. O tal vez herencia de su padre, aunque no recordaba las iniciales de su nombre. Enganchado en uno de los dientes del peine, había un pelo. Lo agarró y lo examinó. Era marrón claro, de unos cinco centímetros, brillante. Algo de ese pelo lo conmovió. Se le endureció la garganta y los ojos se le humedecieron. Era absurdo, pero lo tomaba con la guardia baja. Era exactamente igual a los que tenía en la cabeza –por miles–, primo de todos los pelos de su cuerpo, pariente de los pelos de su cara, conocido de los pelos del sur, y sin embargo el hallazgo lo había estremecido. El pelo fuera de contexto, como testigo involuntario de un cuerpo profanado, lo interpelaba de la manera más ridícula posible. Era algo de la humanidad de Charlie que había sobrevivido al ultraje lo que le apretaba el pecho. Se preguntó cuán lícito era todo esto que estaba haciendo. Una pregunta detrás de la otra. Miraba el pelo y de alguna manera, en silencio, bajo la luz en retirada de la tarde, el murmullo hueco de la ciudad de fondo y los ojos clavados en el peine, lo velaba a Charlie. Después de todo, había partido sin que nadie lo llorara ¿Le importaría eso? ¿Lo sabría? Es ineludible la esperanza de ser extrañado, de ser llorado triste y largamente. Eso caló aún más hondo en él y se sintió mal por ser parte de algo tan injusto. Se preguntó dónde estaría Charlie, su alma –si en verdad existía–, en ese momento. A qué clase de pena estaría sometida un alma que no había sido despedida.

De dónde había salido todo eso. Qué eran todas estas facturas atrasadas que se imprimían en su mente. Se vio a sí mismo, debajo del farol con el pelo en la mano, acongojado, y creyó que se estaba asomando al abismo de la locura, sintió que estaba mucho más afectado que lo que él calculaba. Sabía que no podía desarmarse en el fluir de los pensamientos, tenía que estar enfocado. Tiró el pelo, se guardó el peine –solo porque era un lindo objeto– y siguió caminando hacia la dirección desconocida.

Era la entrada de un *garage*, obviamente. Al verlo, el encargado del edificio salió a su encuentro y lo saludó con mucha cordialidad. Le preguntó si iba al club de San Isidro y le dijo que le había lavado el auto. Mientras hablaban, Torcuato siguió sus pasos, con la esperanza de que lo guiara al auto. El hombre decía unas palabras y se detenía –parado bien plantado sobre sus pies, aunque con la cola hacia adelante, un poco encorvado y gesticulando con los brazos por encima de la línea de los hombros–, hablaba un rato más y luego continuaba con la marcha y se acomodaba el pelo que le caía sobre la frente. La procesión hasta dar con el auto debe de haber durado unos diez agónicos minutos de charla sobre turf y novedades del barrio.

—Acá está su bebé, don Beláusteguy. Qué coche hermoso.

Era una cupé muy irrespetuosa: de color azul acero y una parrilla dispuesta a engullir todo lo que se le pusiera delante. Un auto que combinaba demonio para la pista y sensualidad para la calle. Las butacas eran de cuero marrón claro, solo dos; atrás lo cruzaba un caño de la jaula antivuelco y tanques de nafta adicionales.

—Lo andaba extrañando, ¿no?

Torcuato miraba atónito la Ferrari 166/195. No le terminaba de entrar por los ojos. Tenía la llave en la mano y no podía creer su suerte. Caminó alrededor de ella un par de veces y luego se subió. Se quedó quieto mirando todo el interior, solo se oía el sonido del aire entrando y saliendo de a litros por su nariz. Cuando tomó coraje, puso la llave en el encendido: algo así como estar a punto de abrir el cofre de la felicidad.

Torcuato recorrió los veinte kilómetros que lo separaban de la sede del club sintiendo todo lo que el auto tenía para mostrar. Era arisco, rabioso y altanero, pero, una vez lanzado a velocidad, andaba sobre rieles. Al principio lo manejó con ambas manos y luego, cuando se soltó, apoyó un brazo sobre la ventana baja; recorrió el túnel de árboles de Libertador a velocidad crucero. Las sensaciones lo avasallaban, no quedaba lugar para nada más, ninguna otra preocupación o pensamiento, nada, solo ese intervalo de intensidad. La gente lo miraba y él se dejaba mirar, impostando un tono recio. El aire de la noche le pegaba en la cara y lo llenaba de bienestar. En el tiempo que le llevó hacer el trayecto no hubo más pensamientos ni diálogos internos ni preocupaciones. Solo disfrute, como si lo único que existiera fueran el auto y él.

Apenas entró al club, de una mesa le hicieron señas para que fuera a sentarse; le estaban guardando un lugar. Todos los que ahí estaban tenían cara de personaje, no había uno que pareciera demasiado normal: algo pasaba con los bigotes, la redondez de las panzas, la marca de cigarros o algún anillo en el dedo que les daba un aspecto de gente que vive en una película distinta. Había uno que hablaba un poco en inglés y otro poco en porteño. Ese parecía recién llegado de la corte de Elizabeth. Otro, que tomaba *whisky* sin parar, tenía la cara ladeada, producto de algún acontecimiento médico sobre el que prefirió no saber. Había otro que era flaquito, medio nervioso, con unos bigotitos bastante graciosos; así, cada uno le agregaba algo a esa colección de personas. "*We are such a menagerie*", dijo el hombre de pómulos rosados y dientes amarillos, más tarde, en el devenir de la noche. Saludó tratando de no interrumpir el relato de uno de ellos, Bitito Mieres, que reconoció de las páginas del *Gráfico*; hacía poco tiempo había debutado en la Fórmula 1 con un Gordini. A los otros hombres de su mesa no los conocía, pero más tarde vio en el libro de actas que se trataba de El Pescado Lostaló, Nicolás Dellepiane, Talo Tomasi y tres más que no pudo identificar. Las anécdotas y los relatos eran divertidos, siempre al borde de la tragedia o rescatados en el último minuto por voluntad del destino. La adrenalina del viaje iniciático en aquel bólido iba bajando mientras escuchaba la conversación que lo sedaba poco a poco y se volvía a meter dentro de sí, con todo el zoológico que lo acechaba en su interior. Inocencia era uno de los animalitos que lo merodeaban. La brecha era tan grande que no sabía si pensar en ella como aliada incondicional o dejarle puesto el manto de sospechas. Tenía mucho a favor para decir, lo había estado ayudando en cosas muy concretas todo este tiempo, pero no podía dejar de observar que ella siempre había marcado de una forma u otra que no se tragaba el sapo, que sabía que Charlie no era Charlie. ¿Tendría un plan? Era un acertijo indescifrable para él; era un animalito que necesitaba de un buen taxonomista para poder acomodarlo en una categoría.

Le preguntaron a Torcuato si vendería la Ferrari azul; uno de los presentes en la mesa le dijo que tenía un comprador. Torcuato contestó que la probabilidad de venderla era como la de irse de vacaciones a Júpiter. Los hombres rieron, uno de ellos dijo que ya se iba a cansar, que era como con las mujeres, que había que tener paciencia.

Sin querer, Torcuato volvió a meterse en las tramas que lo tironeaban en su mente. Pensó en el viaje a Bariloche, en los amigos de Charlie y, sobre todo, en Concepción. Habían sido agotadoras para él todas esas horas de exposición, de sentirse a prueba. Sabía que los amigos de Charlie habían quedado perplejos más de una vez ante algún comentario o actitud; estaba dando todo de sí por cumplir con el rol, más que eso no había. Los identificó con los marranos: no eran mala compañía y, si no los molestaba, ellos tampoco lo molestarían demasiado a él. A Dolores y a Trinidad las visualizó como pavas reales. Un poco gordas, en cumplimiento de cada regla general del acicalamiento de una dama de sociedad y caminando con la convicción de quien cree que está a la altura de todo. A las demás, como bandurrias, unos bichos medio fieros, medio aparatosos, pero con los que uno finalmente se encariña. En cambio, su relación con Concepción parecía mejorar. Se tentó con pensar en si no sería mejor amante él que Charlie, total, no costaba nada masajearse el ego. Por fin le estaría ganando en una al finado. Tal vez era simplemente más compañero y Concepción estaba fascinada con la novedad. O ella notaba que él pensaba mucho en ella y disfrutaba cada vez más de estar juntos. Como fuera, por ahora, Concepción, que en su zoológico interior había aparecido como una serpiente y ahora mutaba a una pantera, estaba más cerca del paseo en Ferrari azul que de las preocupaciones.

—Qué callado estás, Charlie. En qué andarás —le dijo Bitito, que parecía ser bicho para captar esas cosas en las personas. A Torcuato un poco lo halagó que alguien como Bitito se anduviera fijando en él, aunque no fuera en él realmente. Intentó una contestación que quedó a medio camino. Bitito no preguntó más. Siguió un rato más la conversación, tratando de meter algún bocado. Hablaban de carreras de velocidad de una categoría *sport*. Cada auto que nombraban era más lindo que el anterior. Incluso se entusiasmó pensando que podría ir a alguna carrera de esa categoría a ver los autos, no ya como espectador, sino como parte del juego. Pensó también en la Ferrari que correría en los 1000 Km de Buenos Aires: valía la pena asumir el riesgo por una experiencia así.

No duró mucho su recreo hedonista, al rato estaba metido otra vez en el cotolengo que tenía en su cabeza. Recordó el episodio que había tenido esa mañana en la CNEA. Al evocar momentos así, lo hacía de manera obsesiva, repitiendo cada instante de lo que había pasado, avanzando lentamente, sin llegar a ningún nuevo hallazgo o conclusión, sino más bien empantanándose en un mallín de detalles. Había llegado tarde a la Comisión y por eso el jefe de laboratorio le había llamado la atención. No era la primera vez que lo hacía y ya se había empezado a notar su poco apego a cumplir con los horarios del equipo de trabajo. Había cierto malestar por su conducta demasiado independiente y poco participativa. Esto había ido creciendo con el paso del tiempo, y de ser un miembro recién llegado, adaptándose, había pasado a ser alguien con un concepto bastante pobre. Algo por el estilo le dijo su jefe cuando habló con él en su despacho esa mañana. Torcuato sabía que no había podido estar muy conectado con su trabajo, pero recibir esa devolución lo excedió. Él había dado cada paso de su carrera con una dedicación devota y sobrado de conocimiento. Nunca un profesor o un jefe lo había calificado de manera insuficiente o negativa. Escuchar esas palabras del jefe de laboratorio lo hirió profundamente. Es más, lo había puesto irascible, no podía manejar la frustración que le provocaba haber decepcionado como profesional. Recordó el enojo que subió desde sus vísceras; recordó que había levantado la voz, sin medirlo ni quererlo levantó la voz y dijo cosas que habría sido mejor reservarse. Una altanería que no sabía que tenía había reaccionado como una tempestad ante lo que consideró una ofensa grave y, sobre todo, una falta de reconocimiento a su talento y, de manera invisible a los ojos de su jefe, su recién adquirido estatus. Probablemente parte de lo que había dicho no habría podido ser entendido por su jefe y habrá sido por eso, porque su jefe las reportó como incoherencias, que las cosas pasaron a mayores. Le advirtió a Torcuato que elevaría un informe con solicitud de una evaluación psicológica.

—¡Ay, Charlie! Si yo pudiera encerrarte en un cuarto y no salieras tanto de farra, ¡qué pilotazo serías, che!

El hombre que se lo decía se había acercado a la mesa y luego supo que era el jefe del equipo de los 1000 Km de Buenos Aires. Parecía decirlo con cariño, pero también con mucha sinceridad. Lo había sacado de golpe a Torcuato de sus pensamientos, pero no del todo, porque "encerrarlo en un cuarto" le quedaba muy a mano con lo que venía especulando. Los demás hombres le hicieron preguntas técnicas sobre el auto que estaba preparando en Pergamino para la carrera y dónde entrenaría. Algunas cosas las contestó él y otras el hombre bajo y casi pelado que se había acercado a la mesa. El hombre también comentó que lo había visto girar a Torcuato Salas, el *coequiper* elegido para correr con Charlie, y que estaba muy satisfecho con su desempeño. Tenía grandes expectativas con la dupla Charlie-Salas, que no era otra cosa que Torcuato Solás más Torcuato Salas. Torcuato escuchaba todo esto y le parecía inverosímil. ¿Quién se estaba riendo así de él, con esa sorna, garabateando esas situaciones improbables en su vida? ¿Por qué? La pregunta era *por qué*. Aunque sabía que era mejor no hacerse esa pregunta muy seguido, y en cambio preguntarse *para qué*, no podía evitar preguntarse *por qué*.

En el último tiempo había envejecido más que en toda su vida. También era cierto que había experimentado las sensaciones más vertiginosas y admitía que se habían vuelto algo adictivas. Lo cierto es que, de todos los frentes que tenía abiertos, la peor batalla se libraba en su cuerpo, en su mente, en el desgaste del que no quería acusar recibo y que, sin embargo, avanzaba en su interior como una lenta procesión con antorchas.

DIECIOCHO

Atrás de la canilla que perdía estaba la secretaria del doctor Irusta. El lugar era incómodo para ella; una cocina que daba a un aire y luz oscuro. Le habían puesto una mesa de madera en un espacio reducido entre la ventana y las hornallas. Las alacenas estaban atiborradas de archivos amarillentos de los doctores Irusta y Oreyana. El piso era de granito gris y negro, había un sinfín de plantas sin gracia, seguramente brotes robados de camino al consultorio, que existían a desgano en diferentes frascos y latas. Era de tarde y la pava estaba sobre el fuego. Había unos bizcochos duros en un plato. La secretaria no parecía estar a disgusto con su lugar, más bien lo contrario. Entre tarjetas, *souvenirs*, recordatorios y agendas había creado un rincón para ella. Antes de que el agua hirviera retiró la pava del fuego y la apoyó sobre un plato de madera. Cebó un mate en un cacharrito metálico y se sintió reconfortada al tomarlo. Sacó los pies de los tacos y los puso sobre el piso frío. Sin levantar la vista de unos papeles tomó un bizcocho y al morderlo explotó en migas sobre el escritorio. La secretaria tendría unos treinta años y en sus dedos solo había un anillo plateado con una piedra rosa. El pantalón le ajustaba un poco la cintura y las caderas; se veía un rollo que desbordaba y se marcaba debajo del saco de hilo color salmón. Tenía el pelo atado en una media cola tirante y los labios pintados de rojo. Torcuato observaba esto mientras pensaba qué poco precavido había estado en ir al médico sin algo para leer.

Había cuatro personas más esperando en la sala de espera. No sabía cuántas de ellas eran para el doctor Irusta. Tampoco estaba dispuesto a arruinarle aquel momento a la secretaria y decidió no preguntar. Aunque notó que, cada tanto, ella levantaba la vista y, a través de las gotas de la canilla, lo miraba. Entre los otros pacientes había una señora de unos sesenta años con cara de querer contarle todas sus penurias al médico. Tenía el ceño fruncido un poco hacia arriba de manera semipermanente. Torcuato rogó para que esa mujer fuera paciente de Oreyana. También había un hombrecito flaco que en lo que iba de la espera ya se había fumado tres cigarrillos. Una mujer joven leía una revista femenina y se la notaba con mucha salud; si alguno de esos estaba antes que él, al menos que fuera esta mujer. Por último, un hombre muy gordo, de cara y manos coloradas e hinchadas, respiraba con esfuerzo cerca de la ventana. Ese estaba jugado, seguro no demoraría mucho en el consultorio tampoco.

Cuando el doctor Irusta llamó al siguiente turno, no miró a los pacientes en la sala, solo dijo "Señor Solás". Torcuato se levantó y entró al consultorio detrás del doctor, que ya se estaba sentando en su silla. En el instante en que el hombre miró a Torcuato pareció que le hubieran dado la mejor noticia del día.

—¡Charlie! ¡Viejo!

Se levantó de su silla como si tuviera resortes y fue a abrazarlo. Torcuato, resignado y con los brazos colgando al costado de su cuerpo, maldijo su vida, la de Charlie, la de Salas, la de los empleados del purgatorio, la de los de la CNEA, la de las parcas y la de Dios.

—Qué gusto verte, hombre. Pero, a ver, qué nombre te pusiste —el médico se volvió hacia la lista de pacientes que tenía sobre su escritorio—: "Torcuato Solás". Dejame adivinar: traés puesta una venérea y no querés que te reconozcan...

Se sacudió en una salva de risas y, sin dejar que Torcuato confirmara o rechazara su teoría, se dio la razón a sí mismo. Le preguntó por todo lo que le preguntaban habitualmente a Charlie: los autos, los caballos, las mujeres. También le habló de amigos en común que Torcuato no conocía, por lo que se limitó a seguir el devenir de la conversación con intervenciones ambiguas o vagas como "qué notable", "increíble", "¿en serio?", "una barbaridad" y "absolutamente". De verdad se veía que el médico estaba contento de verlo a Charlie. Torcuato incluso supuso que el doctor Irusta admiraba a Charlie y tenía cierta fascinación con él. Se podría decir que estaba bastante entusiasmado con la visita y que lo había sacado de una tarde aletargada. Hablaba fuerte y mucho. Gesticulaba y a cada rato mechaba, en tono de secreto, algún rumor o interpretación que había hecho sobre algo de lo que monologaba. Y cuando hacía esto se ponía la mano al costado de la boca, impidiendo que algún espía imaginario pudiera ver las palabras saliendo de su boca y como para que se entendiera bien que era confidencial y que él tenía acceso a todo eso de lo que hablaba. Torcuato respondía fabricando sorpresa y aprobación. No era difícil mantener la farsa con alguien a quien le gustaba mucho más hablar que escuchar. De hecho, en este tiempo, este detalle, el de hablar mucho y escuchar poco, se había vuelto algo que consideraba antes que nada en cualquier conversación y había llegado a la conclusión de que a nadie le importaba realmente lo que el otro decía. Había, de verdad, muy pero muy poca gente que supiera escuchar. A esos, a los que escuchaban, a los que daban la pausa para atender, a los que miraban al otro registrándolo todo, a esos era a los que había que temer.

Irusta escribió las órdenes para que Torcuato se hiciera unos análisis de sangre y de orina, y le dijo que lo volviera a ver con los resultados, que no se preocupara, que no se le iba a caer nada, que no había nada que unos buenos antibióticos no pudieran resolver. Lo dijo como al pasar, como si el motivo de la consulta hubiera sido algo muy secundario.

Cuando salió del edificio donde estaba el consultorio, Torcuato tenía en la mano un chequeo completo para enfermedades venéreas por hacer. Bastante lejos de iniciar la evaluación psicofísica que le había encargado la CNEA. En algún momento la secretaria notaría que el doctor, que trabajaba con distintos organismos públicos en cuestiones de medicina legal, no había iniciado la pericia. Tal vez no. Tal vez el rincón de paz, mate y bizcochitos no le daría importancia al seguimiento de la solicitud. Imposible de saber. Al menos por unos días no lo molestarían. Luego tendría que ver cómo lidiar con eso, buscaría a alguien que se hiciera pasar por Torcuato Solás o pediría ser evaluado por otro médico. Como fuese, no dejaba de resultarle extraño lo que acababa de pasar. Qué fuerza obraba para que las vidas de Charlie y Torcuato se atrajeran tanto. La vida de los desconocidos estaba mucho más cerca de lo que solía pensar.

Esa semana en la Comisión trató de cumplir horarios y pasar inadvertido. Era mejor que nadie recordara que él estaba ahí cumpliendo su trabajo, porque no tenía resuelto cómo contestar si había ido o no al médico. Por momentos, se entusiasmaba con el proyecto del hierro radiomarcado. Pero también recordaba cuánto se había ilusionado con las ideas de Richter unos meses atrás y cómo había terminado todo en el más absoluto desprestigio. Una parte de él le decía que su vida debía seguir por los carriles de la ciencia, lo que siempre había querido desde el colegio en Córdoba. Pero el daño que le había causado la experiencia en Huemul era más profundo de lo que pensaba. Aquello que hasta ese momento consideraba impoluto y genuino, la ciencia, se había manchado de la manera más burda y ante su propia nariz. Qué no había visto, qué no había escuchado, qué situaciones había negado, a qué cosas les restó importancia en aquel tiempo, era algo que lo seguía acechando, de manera silenciosa, pero ahí estaba.

El viernes fue a la Comisión en auto para partir a Pergamino por la tarde. Lo dejó estacionado a varias cuadras y caminó el trayecto pensando en que finalmente conocería a Torcuato Salas. Y todo lo que eso significaba. Faltaba poco más de un mes para la carrera y era necesario que ambos se conocieran y entrenaran juntos, compartieran observaciones sobre el auto y definieran la puesta a punto. Los interrogantes iban desde la apariencia física hasta si el encuentro no estaría provocando algún tipo de desmadre cósmico que hiciera estallar todo por los aires. Bueno, eso ya le pareció demasiado, pero podría significar una contravención a la ley celestial, al menos. No lo sabía. Menos aún podía explicarse por qué Salas seguía vivo. ¿Sería tan *amateur* la organización que si alguien se le escurría no volvía a buscarlo? ¿Cómo podía ser posible que a alguien le hubiera llegado la hora y gracias a un síncope administrativo zafara? Le parecía inverosímil. Algo había ahí y él no podía saberlo. La ansiedad, la intriga y cierto temor se mezclaban en un revoltijo que hacía mella en sus tripas, otra vez.

Supo que el calor apretaba fuerte afuera, pero el subsuelo de la Comisión se mantuvo fresco. Decidió no salir a almorzar y quedarse a comer ahí. El comedor estaba caluroso y el personal caminaba con pasos cortos en fila india por el bufet, cada uno con su bandeja. Unas señoras con el pelo escondido bajo pañuelos blancos servían la comida casi sin hablar, en actitud de oración. Para algunos la comida era mejor que la que había en su casa. Estos sabían los nombres de las señoras y les sonreían para que les sirvieran mucho. Para otros, ingerir esos alimentos era solo una manera de no sentir hambre hasta volver a sus casas. Era evidente que Torcuato no había hecho nada para pertenecer al grupo con el que trabajaba. No era infrecuente encontrar bichos raros entre físicos, pero eran raros de una manera distinta a la que él se había vuelto extraño. Eran raros que vibraban en una frecuencia parecida y conectaban. Él, en cambio, estaba aislado. Tal vez por piedad, uno de sus compañeros lo alentó a unirse al grupo en una mesa larga. Hablaron sin registrarlo durante todo lo que duró el almuerzo. Los temas iban y venían, pero parecía que siempre, pero siempre, había una forma de hacer una broma o un comentario relacionado con principios de la física. A Torcuato esto le daba algo de vergüenza ajena. Desde luego, ellos estaban mucho más enfocados en su carrera que Torcuato. También era cierto que todo, absolutamente todo, mirado con desapego, empieza a perder significado, o al menos se vuelve un poco estúpido, hasta inútil. De hecho, más tarde, cuando se estaba por ir, pasó por el baño y al mirarse en el espejo con su camisa manga corta, la corbata y el guardapolvo gris se vio bastante caricaturizado. Sintió pena de percatarse de que algo se había roto y de no saber en qué momento, en qué lugar o cómo había pasado.

Gran parte del viaje hacia Pergamino lo tuvo con el sol de frente, que teñía de color ámbar los sembrados. Iba a velocidad constante, con poco tráfico en la ruta, el motor parecía ulular un mantra hipnótico. Pensaba, de vuelta, en su encuentro con Torcuato Salas. Se preguntó si sabría algo o, peor aún, si habría digitado algo de lo que estaba pasando. Cuando pasó por el lugar donde la otra vez había quedado tendido al costado de la ruta, le pareció que no le había pasado a él, que había sido algún conocido al que le había pasado eso o que se lo habían contado tiempo atrás. La llegada al campo fue exactamente igual a la de la otra vez: los perros, Teresa, Concepción, Luisa. Algo trivial y rutinario se volvía sospechoso para él; todo lo que fuera cíclico era sospechoso ahora, el mínimo atisbo de artificialidad lo ponía en alerta, por nada habría querido estar inmerso en una falsa vida, más falsa aún de la que ya tenía. Tal vez era un hámster corriendo en una ruedita; nunca descartaba esa posibilidad.

Concepción y Teresa charlaban del artefacto de luz con astas de ciervo. No estaba claro si quedaría en El Ojo de Agua o si iría a algún campo de los Menéndez. Como fuese, era un nuevo lugar para disputar el poder.

Habían quedado en que se reunirían a las ocho de la mañana en una ruta secundaria, pero asfaltada, a unos veinte kilómetros de Pergamino, para hacer el entrenamiento. Cuando Torcuato llegó, ya estaba Braga con uno de sus mecánicos y el jefe del equipo que había visto en el CAS. Faltaba Salas. Le dijeron que había avisado que venía demorado y llegaría una media hora más tarde. El plan, entonces, sería que Torcuato probara primero la Ferrari 375 MM. Terminaron de acomodar la butaca a la anatomía de Charlie y el jefe de equipo le dio unas indicaciones. Tenía que hacer a toda velocidad un trayecto de siete kilómetros, en el que había dos curvas cerradas, la primera a la derecha y la segunda a la izquierda, luego habían hecho una chicana abierta con fardos y por último debía retomar por una dársena de acceso a una fábrica abandonada de jabón y velas. Le dijo que, si no tenía problemas en el auto, hiciera una tanda de cinco vueltas, como para que se fuera soltando. Torcuato escuchaba las indicaciones y poco a poco iba entrando en el personaje. Él no tenía gran experiencia como piloto, más bien poca, solo la del entusiasta que alguna que otra vez había podido subirse a un auto de carrera. Pero se tenía una fe inexplicable. Probablemente la fe que aparece cuando se cuela la ilusión. Se ajustó el casco gris plata, aceleró un par de veces y partió. La primera vuelta la hizo reconociendo el camino, que tenía zonas algo poceadas. La segunda la hizo lo más rápido que pudo. La tercera sintió que estaba al borde de la muerte. Sin embargo, desde la banquina de una de las rectas donde estaban los hombres, le escribieron en la pizarra de mensajes: "Despertate, Charlie". Evidentemente Charlie tenía un umbral de vértigo mucho mayor que el de Torcuato. En la cuarta vuelta se concentró en mejorar la aproximación a las curvas, los rebajes, en no regalar nada. En la pizarra anotaron el tiempo que había hecho. No sabía qué opinar sobre eso. En la quinta vuelta llevó el corte a seis mil y sintió pena por el auto. Cuando cerró la quinta vuelta le pareció ver que había llegado alguien más y se había unido al grupo; seguro era Salas. Dio la vuelta en el retome y se acercó despacio al grupo. El hombre era morocho, petiso y cubría una incipiente pelada con un mechón de pelos largos provenientes del lado derecho de la cabeza. Tenía puesto un mameluco blanco y mocasines sin medias. En la muñeca y en el pecho se adivinaban dos cadenas de oro. Cuando ya estuvo cerca y el hombre sonrió, asomaron unos dientes grandes color marfil, con los bordes marcados por el alquitrán. La primera impresión de Torcuato fue: *Podría ser mi némesis.*

La escena sucedía lentamente, como cuando el cazador, luego de mucho andar y penar, finalmente encuentra a su presa. Torcuato se sintió cazador. Midió a su presa de todas las maneras posibles. Lo miró directo a los ojos, tratando de entrar por ellos al recinto íntimo de sus pensamientos. Quería tener una opinión lo antes posible, armarse rápidamente de una idea, absorber cada detalle intrascendente y para eso puso a funcionar todos los prejuicios en su máxima capacidad. La forma de sus orejas, la manera de calzar sus manos en la cintura, la altura del mentón, la posición de los pies, la inclinación de su columna, la postura de sus hombros, el grosor de su cuello, el pelo que cubría su cuerpo. Cuando terminó de examinarlo, se preguntó si en realidad no era al revés, si el cazado no habría sido él. Si no sería un halcón que volvía al brazo de su amo.

—¿Te vas a bajar o no, Charlie?

Salas quedó a la derecha de Braga, preparado para ser presentado. Se lo veía relajado, hasta confiado. Torcuato bajó del auto y se aproximó a ellos. Era mucho más alto que Salas. No se parecían en nada. Ni a él –que con ansiedad notaba que iba olvidando cómo era– ni a Charlie. Cuando Salas habló, Torcuato lo escuchó como si fuera un Stradivarius. Tenía la tonada típica del interior de Buenos Aires y su voz sonaba un poco áspera. Escuchó a Braga decir algunas palabras que oficiaban de presentación entre ambos. Braga parecía un asistente del demonio o un árbitro de box. El jefe del equipo observaba desde unos pasos atrás, como los segundos afuera. Cuando no hubo mucho más que decir, Salas se calzó el auto, no sin antes elogiarlo mucho. Escuchó las indicaciones que tenían para él y salió. Torcuato siguió con la mirada el auto que se iba y se convertía en un punto en el horizonte en menos de un minuto.

¿Y si le pregunto dónde estaba la noche del lunes 10 de noviembre?, pensó Torcuato. ¿Cómo haría para preguntárselo sin sonar tan extraño? ¿Le importaba sonar extraño? *¿Por qué me llevaron a mí y no a él?*, seguía pensando. Cuando el auto regresó para cerrar la primera vuelta, estaba decidido a averiguar qué había pasado, cómo le había llovido esa desgracia, y enfrentar de una vez la infinita injusticia de la que era protagonista. Al cierre de la segunda vuelta estaba preocupado por preocupar a los demás, que creyeran que se había vuelto completamente colifato, que ellos también conspirarían para mandarlo a una evaluación. Para la tercera vez que el auto volvió, al borde de escupir sus bielas, miraba con desconfianza a todos, nadie estaba de su lado, nadie estaría dispuesto a creer. En la cuarta vuelta, viendo el auto venir y la pizarra mostrar tiempos mucho mejores que los suyos, sintió que el corazón le iba a explotar de ira, frustración e impotencia. Decidió respirar hondo. Respirar con todo el cuerpo, una y otra vez, hasta que pudiera disipar el odio que lo inundaba. No podía abrir otro frente, lo sabía. Para cuando Salas cerró la quinta vuelta se había convencido: tendría que tener la paciencia de Job si pretendía saber algo más. Actuar impulsivamente, sin medir, sin calcular, lo dejaba inexorablemente en jardines desconocidos de los que luego tendría que salir.

Prefirió partir el domingo a la tarde y llegar a dormir a Buenos Aires para poder ir el lunes temprano a la Comisión. Su madre y Concepción habían rivalizado deportivamente todo el fin de semana, pero ya se sentía como parte del encanto de la vida familiar. Tal vez, incluso ellas ya tenían un vicio de esgrimistas verbales que no podían abandonar. Como sea, fuera del episodio de Salas –y de las recriminaciones que le habían hecho por los tiempos malos al volante–, su estadía en El Ojo de Agua había sido agradable. Los temas de la cabaña los había tratado con el encargado, quien le presentó las cifras del destete y luego pautó con él los días de trabajo en la manga. Sobre la tropilla de yeguas poleras no había demasiada novedad, salvo algunas pariciones, ya que estaban a campo esperando la reincorporación de Charlie en el juego, quizá para la temporada chica. Para eso las agarrarían en febrero. Por pedido del petisero, probó dos yeguas nuevas que habían vuelto de la doma ese invierno. Iba como un barrilete implorando no caerse hasta que el animal se cansara de correr. Concepción y el petisero miraban azorados la escena sin saber bien si reírse: se estaba haciendo el gracioso o qué. La yegua corría enojada adonde se le antojaba, con los ojos inyectados y las fosas nasales totalmente abiertas. Torcuato alegó que era una forma de equitación francesa, en contraposición con la equitación gaucha, en la que el caballo debía experimentar libertad de movimiento. Los espectadores quedaron sin palabras.

La tarde caía pesada sobre el calor del día y la ruta se iba cargando a medida que se acercaba de vuelta a Buenos Aires. Bichos de todos los colores y formas se acumulaban en el parabrisas, por la ventana empezaba a entrar un aire un poco más fresco. La luz se iba poniendo azul.

Torcuato era consciente de que, si le hubieran ofrecido la vida de Charlie, seguramente habría dicho que no, que le gustaba mucho más su vida. Claramente habría dicho que prefería su vida antes que la de Charlie. Sus estudios, sus recuerdos, su forma de disfrutar. No, no la habría cambiado por la vida de Charlie. Pero nadie le había preguntado eso. Simplemente sucedió; los buenos vendedores hacen eso: dar a probar de prepo. A esta altura parecía más fácil tomar las riendas de la vida de Charlie que las de Torcuato. Aunque fuera un usurpador, aunque lo juzgaran después.

Era la hora de penumbra, la hora que no es día ni es noche; esa hora en la que las luces iluminan inútilmente. La penumbra es el *living* de la angustia. Todo aquello que está por decidirse se amplifica y la incertidumbre tiende su velo opaco. Torcuato se valía de las marcas tenues pintadas en el asfalto para adivinar el camino. Hasta que la noche no llegara por completo, no veía bien la pintura fluorescente de la ruta. Revisaba en su mente las cuentas pendientes, las decisiones por tomar, y la penumbra se hacía más densa. El agobio y ese estado mental raro de la ruta a esa hora lo iban sumergiendo en un lugar lejano, impersonal, desdibujado. No era somnolencia, pero sí una especie de resignación mansa para lo que viniera, fueran curvas o problemas.

Los ojos de un ternero parado sobre la ruta se encendieron al dar con el haz de luz del auto a unos veinte metros de él. Frenar o doblar. Lo pensó de nuevo: frenar o doblar. Si frenaba, no podría doblar. Si doblaba, no frenaría. No tomar una decisión sería la peor de las decisiones, aun cuando decidir implicaba equivocarse. Esquivó el ternero –que hasta último momento lo miró impávido, sin reacción, seguro de ser espectador– y allá fue hacia los pastizales, rogando que nada se interpusiera, que no hubiera lagunas ni vías ni zanjones ni tubos. ¿Sería que ahí mismo terminaba la aventura? El auto entró en trompo y fueron varios. Mientras el paisaje de granos azules daba vueltas en el parabrisas pensó en las parcas. ¿Vendría Hugo? ¿O se manejaban por jurisdicción? Se golpeó la cabeza contra el parante una y otra vez. Pensó, con cada golpe, que sería el último, que luego se desvanecería. Pero no, parecía estar tan intrigado con el devenir de las circunstancias que un poco él también se creyó espectador. De alguna manera, el auto no volcó y se detuvo cuando la inercia lo entregó. Las gotas de sangre bajaban por la cara. La oscuridad era casi total ahora. De un momento a otro no habían quedado más haces de luz. Los bichos, que se habían callado, empezaron a reclutarse cada uno con su canto y volvían a sonar a coro. Las piernas, los brazos, el cuello: entumecidos, todavía no podían gritar su dolor. Se quedó inmóvil esperando alguna señal. Que algo pasara, que alguien le indicara cómo seguía la escena. No se animó a mirar a su alrededor, prefirió no adelantarse. Minutos más tarde – no supo cuántos–, sintió que alguien se acercaba y con una linterna lo alumbraba. Escuchó que dijo "Don Beláusteguy" y que prometía ayudarlo. *Beláusteguy*, pensó.

DIECINUEVE

—Bájese del auto con las manos en alto.

La luz azul del patrullero rozaba como aspas de un molino a los tres policías que apuntaban a Torcuato con sus armas.

—¿Cuál es el problema oficial?

—Tenemos todo el caso estudiado, Salas, usted es un impostor.

—Yo no soy Salas.

—Lo que quiera, pero no es el señor Beláusteguy. Salga con las manos en alto y apóyelas sobre el techo del auto.

Torcuato supo que si no actuaba de inmediato como lo habría hecho Charlie estaría perdido. La voz y la entonación eran fundamentales.

—¡¿Pero qué clase de dislate es todo esto?! ¡Por favor! ¿Dónde se ha visto? Acabo de tener este mal momento, casi me mato, y ustedes se aparecen con este cuento de que yo no soy Beláusteguy.

Torcuato puso las manos sobre el volante, amagando a darle arranque al auto e irse sin dar explicaciones. Los policías entonces abrieron la puerta del auto y lo bajaron de un tirón al pasto. Torcuato miró alrededor, en la luz del día en fuga, vio unos quince o veinte eucaliptos caídos, arrancados del suelo, con las raíces suplicantes al cielo. No recordaba haberlos visto antes. Era una hilera de árboles caídos al costado de un camino de tierra, con sus raíces expuestas. Más lejos vio que otro patrullero se acercaba. Se agarró la cabeza y constató que la herida que tenía del accidente no solo no sangraba más, sino que además había cicatrizado. Se sintió aturdido, pero no abandonó el plan de ser Charlie. Volvió a dramatizar como si fuera él. Los policías se pusieron cada vez más violentos, tanto en el tono de voz –que eran órdenes a los gritos– como en la manera de ponerle las esposas con los brazos por detrás de la espalda. Torcuato empezó a fabricar amenazas de todo tipo con los contactos poderosos que seguramente tendría Charlie. Los policías parecían perros rabiosos. Torcuato pedía explicaciones. Los policías perdían la paciencia, estaban irritados, cansados y, sobre todo, convencidos de que estaban aprehendiendo al sujeto que debían.

—¡¿Usted sabe lo que es un *cul-de-sac*?!

—¿Un qué?

—¡Un *cul-de-sac*! ¿Lo sabe o no?

—Pero qué tendrá que ver…

—Claro que tiene que ver. Es la prueba. Usted no sabe lo que es un *cul-de-sac*. No lo sabe. De ninguna manera lo sabe. Y eso no me lo va a explicar a mí, atorrante, se lo va a explicar al juez.

—¡¿Usted me está arrestando porque yo no sé qué es un *cul* de no sé qué?!

—No, por fraude. Fraude agravado. Usurpación de identidad. Y colaboracionista. Mal desempeño en sus funciones públicas. Calumnias.

Luego lo tumbaron en el pasto y le esposaron los pies también. Ahí, con la nariz contra el piso, sintió el olor de la hierbabuena, como la que hacía las veces de pasto en su casa de Alta Gracia. Una mujer policía parecida a Lourdes dijo que Torcuato se había hecho pasar por físico y que así había obtenido un subsidio del Estado con Richter, que entonces le cabía la imputación de asociación ilícita también. La tierra comenzó a abrirse en una grieta precisa que lo llevaría a sus entrañas. Los policías se derritieron y se derramaron dentro de la grieta en la que se veían almas que penaban con los brazos extendidos implorando misericordia. Todo era tragado, macerado y reciclado.

Torcuato se despertó en un espasmo violento. Transpirado y confuso, solo atinó a prender la luz del velador; quería cerciorarse de que estaba en el lugar que él pensaba. La secuencia de imágenes era perturbadora. Se quedó quieto mirando el techo de su habitación por un rato, tratando de normalizar su respiración. Era cerca de medianoche y las chicharras chillaban, como lamentándose por todo el calor del día y el que haría al día siguiente. De fondo se oían más bichos desahuciados, y otros desesperados. La ansiedad era generalizada. Decidió bajar a la cocina por una bebida fresca.

Iba refregándose los ojos, aún un poco dormido, con el andar pesado y azaroso que hacía crujir la madera debajo de la alfombra. Cuando estaba por poner el pie en el primer escalón de la escalera principal, por el rabillo del ojo, una luz tenue y titilante llamó su atención. Venía del fondo del pasillo. Trató de recordar qué había en esa parte de la casa, pero no podía pensar con claridad. Pensó que podría ser una luz del alumbrado público de la calle o algún reflejo que venía viajando desde otra casa. Iba a poner el otro pie en el escalón siguiente y le pareció sentir olor a humo. No podía desatender esa luz amarilla y el olor; caminó hacia ella. El pasillo era largo, como de unos ocho metros. Al principio tenía una baranda de madera que daba al *hall* de entrada, luego se sucedían las puertas a distintas habitaciones. El techo era muy alto y oscuro y las paredes estaban forradas en un género bordó que se unía a una *boiserie* elaborada. A medida que se acercaba comenzó a escuchar un susurro, alguien que ordenaba palabras de manera apurada y las repetía. Torcuato recordó que al final del pasillo había una puerta más angosta que las anteriores que daba a una escalera pequeña y desvencijada hacia una buhardilla. Difícilmente esa recámara tendría ventanas, por lo que la luz tenía que ser emitida desde ahí. Detuvo su marcha y su respiración se aceleró. ¿Hacia qué estaba caminando? De todas las opciones, lo que menos lo angustiaba era un foco de incendio. Podía dar la vuelta y hacer como que no había visto nada. Estuvo a punto de hacerlo. De nuevo esa voz que apenas se escuchaba bajó las escaleras y recorrió el pasillo. Era la voz de una mujer, una mujer vieja. Apenas se oía, porque no tenía la intención de ser escuchada. La luz que venía de la buhardilla era de fuego. Además de titilar, por momentos proyectaba sombras, como si alguien o algo se interpusiera. Toda la escena tenía un ritmo propio que repelía y a la vez atraía a Torcuato; siguió caminando en dirección a ella. Sintió cómo los vellos se le erizaban. El instante previo a asomar la cabeza por la escalera, la sensación de vértigo, de que todavía se pueden volver las cosas atrás y retirarse cobardemente, correr si es necesario, gritar, el grito está ahí nomás, pero algo más poderoso llama y finalmente se da el paso. La mujer, despeinada y en trance, vestida de negro y violeta, sentada en el piso a la luz de las velas, rodeada de objetos, recitando versos incomprensibles; la mujer era Inocencia.

En un par de zancadas rápidas estuvo de nuevo junto a la escalera principal. Con suerte, Inocencia no lo habría notado. Así lo prefirió. Desistió de ir a la cocina y se metió en su cuarto. Cerró la puerta con llave y caminó hacia la ventana. Tal vez estaba en otro sueño. Su corazón rebotaba entre la espalda y el esternón. Trató de controlar su respiración y de armar alguna explicación que le diera sentido a lo que recién había visto. Unos minutos después escuchó ruidos en el pasillo. Se acercó a la puerta para escuchar mejor. Los pasos cortos de Inocencia recorrieron todo el pasillo, se detuvieron frente a la puerta de la habitación de Torcuato. Él pudo escuchar la respiración cansada de Inocencia y ahogó en su garganta las ganas de gritar. Echó su peso contra la puerta y cerró los ojos. Entonces sintió la mano de ella tocando la puerta. Pensó que había enloquecido del terror. Quizá fuera su imaginación. Quizá no faltaba mucho para despertar. Pero sintió nuevamente que llamaban a la puerta, esta vez la voz de Inocencia preguntó si el señor precisaba algo. Lo dijo con la candidez habitual. Torcuato abrió los ojos y se preguntó cuándo acabaría todo esto. No supo bien qué habría querido incluir dentro de ese todo. Inocencia insistió, como si supiera que tenía que sacarlo del trance para que le contestara.

—¿Necesita algo, señor?

Torcuato abrió la puerta lentamente y no se animó a mirarla a los ojos.

—Está desvelado, ¿quiere que le traiga algo?

—No, gracias, estoy bien.

Escuchó los pasos de Inocencia perdiéndose en la escalera. Se quedó un rato más, quieto y expectante, con los tímpanos en tensión esperando algo. Los fantasmas no dejaron de atormentarlo en las horas que siguieron. Recién con los primeros rayos de sol se disiparon y al fin pudo descansar un poco.

Cerca del mediodía sintió una presencia. Abrió un ojo con mucho esfuerzo y la vio: Inocencia caminando por su cuarto. Se sobresaltó y temió que algo fuera a precipitarse. Ella se acercó con la parsimonia de siempre; él se atrincheró en la cabecera de la cama.

—Hace rato que intento despertarlo. Lo están esperando en el taller, señor.

Solo faltaba un día para los 1000 Km de Buenos Aires.

VEINTE

Los mocasines sin medias de Salas brillaban más, mucho más, que la vez anterior en el kilómetro de prueba cerca de Pergamino. Tenía una camisa tan blanca que cuando le daba el sol largaba un destello azul; hería las córneas de quien se animara a mirar. A Torcuato le costaba mirarlo, un poco por la necesidad de autocensurarse y otro porque había algo encendido –algo que encandilaba– en su presencia, camisa o no. Aun así, esa mañana lo observaba, seguía sus movimientos entre la gente del equipo en los boxes. De lejos, el coro de chicharras anticipaba un 21 de enero tórrido desde bien temprano. Esos insectos maliciosos parecían verduguear a todos con su canción cansina. Torcuato registraba, desde un lugar inmaterial, cómo mecánicos, auxiliares de pista, fotógrafos, mujeres a la moda y curiosos con las manos detrás de la cintura cumplían con sus roles. De haber podido, se habría metido dentro de su overol blanco para no interactuar con nadie. De las personas que había conocido en el CAS, vio a Dellepiane y a Mieres, que luego se acercaron a saludarlo. Comentaron lo rápido que iba Alfonso de Portago, pero que no cuidaba el auto para nada y que siempre terminaba rompiendo. También saludó a Forrest Greene, cuyos genes irlandeses estaban al borde de la combustión en el calor rioplatense.

Cada tanto, Torcuato se acordaba de aflojar la mandíbula para no romperse los dientes. El circuito excedía la zona del autódromo y se convertía en callejero. Salía por la avenida General Paz en dirección al Río de la Plata, retomaba, pasaba nuevamente por el autódromo, cruzaba el puente La Noria, retomaba y se volvía al circuito perimetral, que lo hacía en sentido inverso.

Concepción charlaba con el jefe del equipo y se ponía de acuerdo para ser quien le mostrara la pizarra a Torcuato y a Salas con los tiempos parciales. Para la ocasión había elegido un pañuelo de seda blanco, marrón y dorado que llevaba atado en la cabeza, una camisa blanca y una pollera de seda plisada ceñida a la cintura que terminaba debajo de sus rodillas. Sin duda había estado estudiando el estilo Grand Prix. Acaso, en ese momento, Concepción fuese la única persona en el mundo que no lo irritaba.

Faltaban dos horas para la largada, Torcuato haría el primer turno según lo planeado. Llamaron por los altoparlantes a una reunión de pilotos. Torcuato y Salas se encontraron en una mirada y, con un gesto apenas perceptible, encararon juntos hacia la zona de controles donde habían sido convocados. En el trayecto casi no intercambiaron palabras. Salas estaba empapado de cierto personaje recio y resuelto, caminaba como si las mujeres fueran a derretirse a su paso. A Torcuato le crecía en el estómago un agujero negro de sentimientos. Se cruzaron con Peter Collins, que lo saludó rápido con palabras que Torcuato no comprendió. Una puñalada a la vanidad de Salas no haber sido notado por Collins.

Torcuato pensó en su niñez, en cuando tenía unos diez años y esperaba la llegada de cualquier carrera a su ciudad. De qué manera le habría explicado a su yo-niño que él estaba ahí, a punto de largar los 1000 Km de Buenos Aires, que Peter Collins lo acababa de saludar, y que al mismo tiempo estaba trabajando en un laboratorio de radioisótopos. Se sintió héroe de su vida por unos segundos y trató de sostener el engaño unos minutos más con tal de darse ánimos.

En la reunión se dijo lo que siempre se dice en las reuniones de pilotos. Hicieron hincapié en que el circuito era largo, que había zonas seguras de sobrepaso y que se respetaran las posiciones en las horquillas, que eran las partes más riesgosas del circuito. Salas entrecerró los ojos y murmuró: "Qué inocencia". A Torcuato el comentario le provocó escalofríos. Salas era para él una amenaza constante, una incógnita honda, un mensaje escrito en una lengua incomprensible. Que él, justo él, hubiera dicho "inocencia" lo ponía en un tablero de juego del que no sabía las reglas ni los objetivos. El episodio con Inocencia había estado flotando en su conciencia todas esas horas. Trataba de unir cabos, pero lo único que conseguía era una trama sin sentido. Probablemente jamás hablaría con ella sobre eso, no tocaría el tema ni de lejos. Ya era claro para él que Inocencia de alguna manera era una partícipe necesaria de la historia en la que intentaba sobrevivir. La pregunta era en asociación ilícita con quién.

Al terminar la reunión los pilotos salieron haciendo comentarios entre grupos de dos o tres. A Salas lo estaban esperando tres mujeres que al verlo hicieron una pequeña escena de risas, besos y exclamaciones. Las tres eran jóvenes y escotadas. Había algo en los géneros, en la confección y en la combinación de colores que hablaba por ellas. Los dientes un poco prominentes, los peinados demasiado duros, los ojos muy delineados y la ambición de salvarse ponían en contexto a cualquiera que hubiera observado el encuentro.

—Charlie, te presento a las chicas: Sabrina, Tamara y Nazarena.

Las mujeres, en un intento fallido de *pin-up girls*, saludaron con dos besos levantando un poco el pie derecho.

A unos veinte metros, Concepción alzó la vista para ver la escena; concluyó que el trío no era rival y siguió conversando con Rolo de Álzaga.

Salas prendía el siguiente cigarrillo con el cigarrillo que se estaba terminando. Fumaba sin ansiedad, pero sí con una gula extraordinaria.

Torcuato mira la hora y sabe que le quedan pocos minutos para ocupar su butaca y largar. Su auto se encuentra en posición; la largada será tipo Le Mans. Siente fastidio, tal vez ira, por estar ahí en lugar de estar en la tribuna. La actitud relajada de Salas lo pone aún más nervioso. Su cuerpo, junto con un caudal de emociones incontenibles, se va alejando de él, haciéndose inmanejable. Palpitaciones, retortijones, náuseas, calambres y puntadas lo recorren. Piensa con dificultad, piensa en cosas raras, piensa –por ejemplo– que sería bueno que Salas muriera hoy, que tal vez eso destrabaría todo lo demás, que por qué no se pone más firme a manejar su destino, que debería poner manos a la obra. Que Salas se muera. Sí. ¿Podría hacer algo para que eso ocurriera? Probablemente sí. Él no es un asesino, el asesino es Salas. Estaría ayudando a devolver las cosas a su cauce natural. Sería solo eso. Sí. O no, o intervenir es mala idea. Podría tener consecuencias que jamás hubiera imaginado. Todo está agarrado de tantos hilos, algunos gruesos, obvios; otros invisibles, solo evidentes cuando se cortan, dejan de sostener y algo se derrumba.

También piensa que podría morir él, por qué no; uno siempre puede estar por morir, es un estado permanente el de estar por morir.

Se acerca el jefe del equipo y dice: "Charlie, espero no te lo tomes a mal, pero me parece que Salas debería largar la carrera. Ha llegado en mejores condiciones y es fundamental poder hacer la diferencia al principio".

Torcuato siente que puede enojarse como nunca antes lo había hecho. Entonces grita e insulta, insulta y grita, pero qué dislate que no lo hagan largar a él, que es la figura, pero qué cosa ridícula, que al fin y al cabo quién es este Salas, que nadie lo conoce y que de ninguna manera es mejor que él. Las mujeres siguen la discusión dando pequeños saltos y abriendo los ojos hasta el espasmo. Salas no dice nada, parece que siempre tiene todo calculado y espera, espera, especula, espera; mínima intervención, o así parece. A Torcuato esto lo pone peor, que el otro tenga plan siempre es peor. Se desahoga, dice cada cosa que se le cruza por el lóbulo frontal, exhala todo su enojo, meses de enojo y desasosiego en ese momento. La escena cobra notoriedad y en boxes alejados se ven mecánicos, llave cruz en mano, cesar sus actividades y mirar, como suricatas, el drama de Torcuato. A Salas no le molesta, tiene cara de disfrute morboso de la situación. Esto a Torcuato le corre el meridiano de la cordura y lanza una llamarada furibunda. El jefe del equipo mira atónito, no parpadea, no reacciona. Concepción ve todo desde lejos sin intención de acercarse. No parece saber cómo frenar la escena, que no termina de romperse y nadie está dispuesto a romperla; no tiene acordes de fin, la tensión podría ser eterna.

Torcuato está sentado en la butaca de su auto, con los arneses puestos, agarra el volante con sus guantes de cuero. Algunas gotas de transpiración caen por sus sienes, escapan como pueden del casco. Concepción y todo el equipo lo miran desde la calle de boxes. Salas ha desaparecido. El olor es una mezcla de hidrocarburos, goma quemada, ropa empapada de sudor y piel. El ruido es intolerable. Todo parece estar más lejos, en otra dimensión.

Torcuato llega a la primera curva, el caos es absoluto, algunos autos se tocan, es probable que hayan despistado. En la recta opuesta se acomodan en fila india, no sabe en qué posición está. El auto copia las ondulaciones del asfalto en un traqueteo infernal. No sabe bien por qué, pero decide ir por todo en esa recta, así como lo hacen los demás pilotos. O más. El auto aúlla, tiembla, se estremece, parece que se va a desarmar. Rueda como aquel taxi que lo buscó por Godoy Cruz, que también parecía que se iba a destartalar. Que iba lanzado y que cruzó Santa Fe con el semáforo en rojo; recuerda que temió morir, que gritó, que cerró los ojos. Piensa que tan malo no ha sido. Y que entonces después fue la nada, la niebla, la incertidumbre. Volvió a ese instante, el instante que todo lo cambió. El auto estalla y se enciende, la coreografía imprecisa de fierros retorcidos da lugar a una nueva forma. *¿Empezaría todo de nuevo una vez más?*, se pregunta. *Será que estoy atrapado en un círculo de eterno retorno, será que no puedo salir, será que nunca fue verdad, será que esto es así. Será que estoy aquí y allá.*

EPÍLOGO

Cuando mi hija Clara estaba en jardín de infantes, los viernes la pasaba a buscar al mediodía y generalmente invitaba a alguien a casa. Ese viernes había invitado a Santi a jugar y venían los dos muy divertidos charlando en el asiento de atrás del auto. Lo recuerdo como si hubiera pasado hace unos minutos, estábamos a la altura del Náutico y de la nada Clara lo miró fijamente a Santi y en un tono bastante solemne le dijo: "Nos va a cambiar la cara, la voz y el pelo; lo único que nos va a quedar es el nombre".

La frase me pareció maravillosa y apenas pude la escribí. Nunca supe si Clara lo había dicho espontáneamente o si habrían hablado de algo en el jardín que disparara ese pensamiento; ella me dijo que se le había ocurrido porque era eso lo que veía que pasaba.

El pensamiento le vendría dando vueltas en la cabeza desde antes, tal vez un año antes me había preguntado si cuando yo era bebé me llamaba Valeria. Le contesté que sí y se extrañó al pensar que un bebé chiquito pudiera llamarse así. Lo que para mí eran las Graciela, las Marta y las Nora.

Yo estaba terminando el libro, o corrigiéndolo por vez número mil, y me pareció que con su sensibilidad agudísima, sin que yo le hablara directamente sobre lo que había estado escribiendo, ella había captado uno de los temas fundamentales de la novela: la identidad. A su modo, a su edad, concluyó que la identidad se trataría sobre conservar el nombre. Saber que hay algo desde que nacemos hasta que morimos que no cambia. Incluso después. Incluso cuando no nos reconozcamos en un cuerpo ajado, cuando nuestras ideas hayan cambiado. Incluso cuando nos deje de gustar nuestro plato favorito. Incluso cuando creamos   ser   otra   persona.

AGRADECIMIENTOS

Gracias a una frase de @gasparkers, que fue el puntapié inicial de la historia. A José María Brindisi, a Kika y a los que fueron pasando por el taller de la Butik; gracias a los sábados en lo de los padres de Santiago Llach, también a ellos, los que formaron parte de ese grupo intenso. Gracias, gracias, muchas gracias a Rolph Köenecke, posiblemente uno de los hombres más elegantes de la Argentina, por presentarme a dos personas fundamentales: Mario Mariscotti y Horacio Osuna. Fue enorme el honor que sentí de poder compartir una tarde de charla sobre los albores de la energía atómica en esa sala de reuniones del Instituto Tecnológico de Buenos Aires (ITBA). *El secreto atómico de Huemul*, de Mariscotti, es un libro que recomiendo para los que les interese la historia del Proyecto Huemul. En él hay una crónica detallada, incluida la entrevista que logró hacerle a Richter luego de buscarlo incansablemente. Gracias a Ezequiel Gallo, fue interesantísima la charla que tuvimos en su casa sobre usos y costumbres de Buenos Aires. Gracias a los Viegener, de Dina Huapi, por presentarme a Chuño, que a sus noventa y tantos años me contó con gran cariño cómo era Bariloche en los años cincuenta. Gracias a todos los que participaron aportando datos o lecturas.

Gracias a Manuel, mi primer lector, que siempre me alienta a seguir y me da todo su apoyo.

Muy sinceras gracias a todos.

Valeria Beruto Nadie sabe cuándo nació. Sabemos que es médica, investigadora y escritora. Que vive en Martínez con su marido, sus tres hijos, su perra y un halcón. Que a veces saca fotos. Y que todas las semanas come milanesas fritas.

ÍNDICE

Beruto, Valeria

El espejo opaco / Valeria Beruto. - 1a ed . - Ciudad Autónoma de Buenos Aires : El Ateneo, 2020.

Libro digital, EPUB

Archivo Digital: descarga y online

ISBN 978-950-02-1126-0

1. Novelas. 2. Literatura Contemporánea. 3. Narrativa Argentina. I. Título.

CDD A863

El espejo opaco

1ª edición: septiembre de 2020

ISBN 978-950-02-1126-0

Foto de tapa: Valeria Beruto

Foto de solapa: Dominique Besanson

Diseño de tapa: Raquel Cané